南海西部节能低碳经典文化文学作品选粹

邵智生 主编

化学工业出版社

·北京·

内容简介

本书是中海石油（中国）有限公司湛江分公司节能低碳经典文化的阶段性成果，均来自湛江分公司海上一线油田员工的业余创作，通过精心整理和汇编"播种•文化的土壤""躬行•深耕在节能""点滴•汗水与智慧""盎然•绿色美丽油田"以及"春晖•我的绿色心路"五个主题，以多种形式的文学作品深刻展示了海油人在油气田节能管理和生产实践中的种种事迹与成绩，可为类似油气田提供节能文化建设经验。

本书可供从事油气田节能管理和生产运行管理人员使用，也可供相关专业人员参考。

图书在版编目（CIP）数据

海洋石油南海西部节能低碳经典文化文学作品选粹/邵智生主编. —北京：化学工业出版社，2020.12
ISBN 978-7-122-37886-6

Ⅰ.①海… Ⅱ.①邵… Ⅲ.①中国文学-当代文学-作品综合集　Ⅳ.①I217.1

中国版本图书馆CIP数据核字（2020）第193098号

责任编辑：刘　军　张　赛　　　　装帧设计：史利平
责任校对：李　爽

出版发行：化学工业出版社（北京市东城区青年湖南街13号　邮政编码100011）
印　　装：涿州市般润文化传播有限公司
880mm×1230mm　1/32　印张5　字数91千字
2021年1月北京第1版第1次印刷

购书咨询：010-64518888　　　　　　售后服务：010-64518899
网　　址：http://www.cip.com.cn
凡购买本书，如有缺损质量问题，本社销售中心负责调换。

定　　价：68.00元　　　　　　　　　　　　　　版权所有　违者必究

本书编写人员名单

顾　　问：唐广荣　崔　嵘　田　宇

主　　编：邵智生

副 主 编：柳　鹏　黎　治

编写人员：邵智生　柳　鹏　黎　治　庞启华　张先喆
　　　　　陈柏寅　余全琛　陈经锋　张伟宁　陈　英
　　　　　董　哲　王　松　邓　聪　张　鑫　王　瑞
　　　　　李法中　王靖宇　张曙光　李　治　郭俊峰
　　　　　刘　娜　袁　波　李俊澄　张　雷　母鹏彰
　　　　　刘建波　唐日升　田锦程　刘　宣　刘金涛
　　　　　梁　超　虞　晨　夏凡军　孙志文　柏　泽
　　　　　尉星望　杨　吕　杨　硕　傅文水　姜子龙

前言

我的绿色美丽油田

文化是无形的、内隐的,但无处不在、无处不有,她代表一种精神,是企业发展的灵魂,是增强团队凝聚力、固化工作行为的重要手段。在"新时代"生态文明建设的浪潮中,培植节能低碳文化,结合自身特点形成共同目标、使命和价值观,对于企业的发展起着至关重要的作用,也是企业兴衰的关键因素。

近年来,中海石油(中国)有限公司湛江分公司在节能低碳方面取得了引人瞩目的成绩,究其根本要归功于管理者对于企业节能低碳绿色文化建设的高度重视,并善于为其注入活力和养分,把"节能、增效、低碳、创新"的核心价值观融入油气田生产运营管理的各个环节,在继承中发展,在发展中创新,不断优化"节能增效与能源管理体系",丰富节能低碳的文化内涵,在节能教育片、节能标识、节能增效专刊、节能主题视频、节能IC卡、节能宣传周等一系列节能低碳文化载体的基础上,推出了具有海油时代特征的"精神家园""节能之歌""节能30分"等专题栏目。在这些措施的长期运行下自然而然地积淀出更加深刻的文化,而文化又衍生出一股塑造力作用于企业的方方面面。湛江分公司创造的节能低碳文化模式,绝不是敲锣打鼓搞形式,做表面文章标榜华丽外衣,而是在文化的氛围中诱导、熏陶、塑造,最终融入每位员工的灵

前言

魂。每一个认同这种文化的员工都会在节能低碳这项事业中上下一心，在共同的价值引导下团结协作，坚定执行。

本书精心整理和汇编了"播种·文化的土壤""躬行·深耕在节能""点滴·汗水与智慧""盎然·绿色美丽油田"以及"春晖·我的绿色心路"五个主题。作品悉数来自湛江分公司海上一线油田员工的业余创作，朴实无华的文字中流露的是情真意切的感悟，是对建设绿色美丽油田的憧憬。从书中可以看到湛江分公司是怎样在潜移默化中，于员工心里种下节能的种子，又是怎样不遗余力地节能减排创建行业领先的绿色工厂；也可以看到海油人是怎样在平凡的岗位上践行节能低碳理念，又是怎样用智慧和汗水浇灌他们的绿色美丽油田。可以说，节能低碳文化是湛江分公司在生产实践中发掘的精神宝藏，是对新时代石油精神的丰富和发展，已经被清晰地写进了公司的绿色基因。在本书中，文字的力量不是为了营造美轮美奂的意象，而是为了构建起传递绿色思想的途径，相信无论对于行业内部或是外部单位的阅读者来说都将有所裨益。

本书在编制工作中难免出现疏漏和不足，还望广大读者不吝批评指正，促使我们改进完善。

2020 年 6 月 14 日

目录

第一章
播种·文化的土壤 // 001

莺歌绿厂 // 004

善待环境 // 006

碳元素的奇妙旅行 // 008

携手节能低碳 共建碧水蓝天 // 011

守住碧海蓝天 共建美丽平台 // 014

以真心实意爱海惜海 // 017

将环保理念内化于心 // 020

一缕烟的使命 // 022

我是一只小小鸟 // 025

漫漫人生路,点滴在心头 // 029

第二章
躬行·深耕在节能 // 033

展宏图 // 036

目录

淡化海水"解渴"生产一线 // 037

东方终端回收透平余热实现"三赢" // 039

节能降耗,"数字"与"技术"齐飞 // 041

变废为宝 // 043

架起节能沟通桥梁 // 045

奏响节能减排新乐章 // 048

小卡片带来大效益 // 050

巧用雨水来节能 // 052

第三章
点滴·汗水与智慧 // 056

给海洋一片绿色的未来 // 058

绿色低碳,润物无声 // 060

"抠"出来的效益 // 063

一段铁丝 // 065

能省一滴是一滴 // 069

特殊的"朋友" // 072

集思广益促分类 // 074

造水记 // 076

携手描绘美丽"绿色工厂" // 079

静哥 // 083

师徒寻宝 // 086

废旧雨刮杆"再就业" // 088

第四章
盎然·绿色美丽油田 // 091

"明日之城"绽放节能之花 // 094

绿色意识缀绿新南山 // 096

崖城脚印步步节能 // 099

莺歌海上的"花园" // 101

一滴水的奇幻之旅 // 104

富余蒸汽用起来 // 108

蓝天碧海就是金湾银海 // 110

集众智,创节能——文昌油田群作业公司多项新举措齐

　　发力 // 114

第五章
春晖·我的绿色心路 // 121

遇见你,在最美的年纪　// 124

鸟"看"终端　// 127

我的节能答案　// 131

原来我们都是过客　// 137

嘘,别打扰了它们　// 140

传承　// 142

笔记本　// 145

第一章 播种·文化的土壤

莺歌绿厂

余全琛

盐田古海,海油新域,接自贸岛而属南海,临北部湾而遥越南,鱼虾之天然牧场,洁能之绿色工厂。时维七月,序属仲夏,天高海阔,云淡而融于海之蓝,水阔而接于天之际。钢楼飞阁,八柱立海;井架耸炬,直上重霄,此乃乐东15-1气田也。

三尺微命,承蒙垂怜,纳为同僚,躬事于此。乐东宝地,英才荟萃,济济一堂。团结高效,管理有序,节能环保尤甚。平台支部,初心不忘,上应国倡,下顺众意,高擎环保旌旗,广施低碳大义。古曰:上兵伐谋,攻心为上,遂兴环保学堂以明心智;举低碳大会以纳良谋。博采众长,驱节能之师,裂坚冰、革弊病、御寒冬、去库存、降成本、提效率。组攻关小组以成环保新措;引诺奖之光❶以亮节能东方。采高精尖术,汰低效机泵。立新工艺而废旧流程,以回排空之气。行万全之策以避油溢;严千道督查以保零排。事长笔短,节能之措不能一一列表,此皆同志之功。艨艟巨舰,非桨舵导

---

❶ LED灯,2014年因LED蓝色光源的发现,日本三位科学家获诺贝尔奖。

引之助不能乘风破浪；北溟鲲鹏，非长风托举之力不能垂翼九天。今海澈天蓝，泽被后世，恩及万邦。

九层之塔，起于垒土；合抱之木，生于毫末；节能低碳，源于点滴，贵在坚持。余自投身海油，已逾十载，矜矜业业，几度受任于器疾之时，奉命于关停之际，排忧解惑；值此之际，琛自当竭心尽力，笃行不倦，匠心以恒，不负嘱托，节能铭心，化民成俗，积跬步以至千里，启智能平台之新面。

携海油同僚，共谱节能华章，共筑绿色工厂。

善待环境

杨 吕

是许久未曾仰望天空，
是迷惘浮云蒙住双眼，
在漆黑的一个又一个夜里，
繁星不再闪烁；
是许久未曾嬉戏江流，
是懵懂尘土浑浊视线，
在匆匆的一次又一次别过，
河水不再清澈。
是忘记古老的约定，
是汲取过往的教训，
雾都辛酸历历在目，
环保路上怎敢掉以轻心。

辽阔无边的蓝天，

波澜壮阔的大海,
展翅翱翔的飞鸟,
追波逐浪的游鱼。
这是我们向往的世界,
更是我们赖以生存的世界。
垃圾分类与清理,
污水收集与净化,
一天天的改变与坚持,
只为守护自然的美丽。

碳元素的奇妙旅行

夏凡军

我是碳元素,是生命起源的关键,是组成生命的基本单元,没有碳就没有生命。

我是碳元素,是文明世界的动力源泉,没有煤炭、石油,文明将停滞不前。

我广泛分布于可见的大气圈、水圈以及生物圈中,但更多是被贮存在岩石圈与化石燃料中。我又在各个圈层内不断的循环,正是我的循环造就了丰富个性的动植物世界,形成了活力多彩的地球。

是我构建了生命,是我催生了文明,对于生命与文明我具备与生俱来的敏感。文明的车轮快速转动的两百年,能源在快速消耗,气温在上升,海平面在快速上涨,平衡被打破。我已预见不久的将来,但天机不可泄露,我特将真实隐藏在我的一段奇妙旅行中,望有心人能悟。

一亿年前,大量的动植物死亡,在沉积的过程中,遭受高温高压的我不断演化,最终形成了石油。

一亿年后,我再次来到地表,恐龙已经消失,人类已经成为地球的主宰。环顾四周,我身处大海中央一座钢铁之城。但见阳光正好,蓝天白云下机器轰鸣有序,一改地底高压致密漆黑的环境。来到地表,长期压抑的我长舒一口气,我的低碳朋友随即与我分离,它顺着天然气放空管线来到火炬,草草结束了它短暂的旅行。这时来了两个人,一边关阀一边说:"把阀关小一点,减少长明火放空"。

来不及和低碳朋友道别,我来到了地面管线,但听人议论:"照明钠灯已经换成 LED 的,既亮又省电;导航灯也换成太阳能的了,变频电机就是好用,减少冲击保护设备还节能","就是,什么时候落实了高能耗设备的报废机制,能耗又能大大降低……"。

还没来得及听完,我被簇拥着进入分离器罐,更多的低碳朋友与我在这里分离,但它们不用担心旅行早早结束,新增伴生气压缩机与 LPG 回收项目将给它们带来不一样的旅行。在分离器短暂停留的我又听到有人议论:"涠洲有四张网,油气水电,上下联动,统筹安排。大修避台电网供电,透平不烧柴油,可省了不少,一体化可行可行","就是,有了气网咱们低压气不用放空,压缩机增压后外输,也是一大笔账"。

告别分离器,略显疲惫的我来到外输泵,两人正在测量着外输泵振动值,"改造之前,振动可大了,工况也差,差不多一个月小修,三个月大修,看看现在,运行多平稳","咱这个外输泵减振项目可真好","这可是分公司第一次尝试,正因为效果好,以后还要作为优秀节能案例大力推广的"。

　　一路走来,我隐约觉得担心是多余的,情况可能会有好转,寻思间,到了最后一站。一师一徒正忙着给海管通球。"怎么每个月都要通球","通球能清除管道内杂质和积水,减缓管道腐蚀,提高管道输送效率,减少能量损耗"。在过球指示器弹起的一瞬间,我推着直板球告别了钢铁城。海管的状态保持得很好,泥砂杂质很少,球在海管里畅快向前推进着。

　　在海管内,我看到无数和我一样的碳元素都被打上绿色节能的标签,他们都高声阔论着什么节能增效、什么能源管理体系。突然间,我回想起在钢铁城贴满的标语:绿色发展,节能先行;低碳行动,保卫蓝天。人类已经意识到能源的紧缺,已经认识到能源过度消耗带来的环境问题,我的奇妙旅行正好见证了他们力求改变而做的努力,见证一个人与自然和谐共生,绿色低碳发展的社会。我的旅行才刚刚开始,我憧憬着更加奇妙的旅行!

携手节能低碳 共建碧水蓝天

母鹏彰

"窗含西岭千秋雪,门泊东吴万里船",曾经冬日暖暖的阳光里,打开窗户就可以欣赏到西岭山上皑皑的白雪,而如今推开窗户,在冬日里远处的西岭山却被实沉沉的雾霾所包围;"采菊东篱下,悠然见南山",在蓝天白日的映衬下,终南山的壮观让人心驰神往,而如今这种美好的意境也许只是停留在诗人的意境里面;"日出江花红胜火,春来江水绿如蓝",曾经的碧水,被取而代之的是污染的河流……

这一幕幕的触目惊心和惋惜痛心,无时无刻不在告诉我们,在当今的社会里,携手节能低碳,共建碧水蓝天显得尤其迫切和重要。

携手节能低碳,我们首先要树立强烈的节能低碳意识。意识是我们的所有行动指南,如果没有正确的意识,人们所做的一切都是枉然。学校的宣传、社会的动员,关于节能低碳的行动,已经形成了这个社会的共识。小到一度电、一滴水、一张纸,大到公司为倡导节能低碳所做出的改变和努力，皆体现出我们社会的共识和主旋律。不积跬步，无以至千里；不积小流，无以成江海。广泛开展相关节能低碳的主题活动，树立节能低碳的强烈意识，从我做起，从现在做起，以实际行动去做一份力所能及的事。

共建碧水蓝天，需要每个人都付出自己的一份力量。曾几何时，碧水蓝天存在我们的儿时记忆里面；曾几何时，我们可以像鱼儿一样在江河里面自由游泳；曾几何时，我们可以随意走在城市的大街小巷，自由地像鸟儿一样快乐地呼吸新鲜的空气。虽然每一个生活在这片土地上的人只是匆匆过客，但正是每个匆匆的过客，才描绘和组成了中华民族伟大的历史长卷和灿烂的文明。

从身边的小事做起，同时用自己的行动去影响周边的人。我的一位同事常说："每次打印纸张的时候，我就双面打印。也许有人觉得麻烦，但是我觉得能够节约一张纸，就少砍伐树木，能够为我们生存的地方多带来一点绿色。"他的一番话真挚而朴实，也深深地影响和感染了我。在日后的工作里面，我也一直在践行这样的理念，并且用这种思想、这种行动影响周边更多的人。

习主席说："我们既要绿水青山，也要金山银山。宁要绿水青山，不要金山银山，而且绿水青山就是金山银山。"任何的改革都是需要长远的眼光，需要强大的驱动力，需要改革的魄力。子孙后代的生存是我们的改革的动力，因为我们不想我们的子孙后代生活在没有健康保证的地方；创新改革和发展是我们的强大驱动力，因为我们想要留给子孙后代的是还有可用的资源去保障他们的可持续发展。思维需要改变,也更需要付诸实践;改革会痛,但是痛过后便是凤凰涅槃般的重生和辉煌。

"路漫漫其修远兮,吾将上下而求索"。节能低碳的路还很长,因为我们的社会正在经历转型,正在朝着更高层次的目标发展;碧水蓝天是我们美好的期待,我们每个人所尽的每一份微薄之力,正在让这个目标变得如此的接近。看塞外的长河落日,望长江的孤帆远影;能酣于东海西湖南洲北国之中,能在壮丽的山河中纵横古今。愿梦里的溪山不再是梦,愿古人笔下的美景不只是在诗歌里。

守住碧海蓝天 共建美丽平台

张 雷

"飞泉泻万仞，舞鹤双低昂"，这一番海南岛的美丽风光，是大自然对人类的馈赠。为了"捧住"这份礼物，同时也为了响应国家生态文明建设方针的号召，如今，越来越多的志愿者加入"保卫蓝天"这场没有硝烟，却关乎世代的战争。而地处海南莺歌海域的崖城13-1气田也从不甘为人后，强烈的社会责任感和一贯的安全环保理念促使气田工作者冲锋在保卫大军中的最前线。

初夏，湛蓝的海水在微风轻拂下荡起层层轻波，一朵朵白云在海面的倒影清晰可见。从平台向下俯视，闪烁着波光的水面之下别有洞天，鱼群追逐嬉戏着，时而汇成一团暗影，时而翻出一片银光，好不惬意。就连对水质最挑剔的虎鲨也经常光顾这里，在桩腿间不紧不慢地穿行，仿佛是在巡视它的领地。大海中虽没有"鱼翔浅底"的那份静谧，却有着不少的活泼与激情。若不是亲眼所见，谁能想到如此清澈雅致的景观竟然存在于一个生产油气的海洋平台周围。但是只要用心去探究，就会发现一切的不可思议其实都是那么的顺理成章。

原来，在崖城平台上住着这样一群"蓝精灵"，他们头戴白色的安全帽，身穿蓝色却不失优雅的连体工服，脚穿钢包头的黑色短帮工鞋，每天从早到晚，忙忙碌碌地穿梭于各层甲板。是他们，选择爱护自然、敬畏自然，选择与蓝天碧海和谐共处。他们当中有管理人员、操作人员和维修人员，工作有差别，对环保的信念却出奇一致。管理人员就像是手握兵符的将领，运筹帷幄。他们协调维修、操作人员的工作，为气田这艘大船掌舵，提供前进的方向。操作人员就像是古代军队里的斥候，负责"侦察敌情"。他们每天至少迈出两万步，完成累计15公里的巡检路线，对现场的管线和设备情况可谓如数家珍。这些管线和设备处理的介质大都是天然气或凝析油，若发生泄漏，对环境造成的污染和对人员造成的伤害将是无法弥补的。庆幸的是，有他们对设备无微不至的"照顾"，再小的"病痛"都能在第一时间被发现。维修人员就像是勇往直前的正面部队，只要一声军令，便可跃马扬鞭。他们定期对设备进行维护检查，发现任何蛛丝马迹，都要刨根问底，并在第一时间予以解决。治理操作人员善于发现泄漏问题或其他设备故障，这也是他们的特长之一。这群"蓝精灵"分工明确，各司其职，为了统一的目标——守住碧海蓝天，共建美丽平台而奋斗着。

人与自然和谐共生旷日持久，绿色节能这一目标不能一蹴而就。平台人员日复一日的坚守，换来平稳生产的持续性。小岗位，大职责，为了"绿水青山"，"蓝精灵"们坚持从细节方面不遗余力地做下去：日常操作一丝不苟，对每一个关键数据点的细微变化都慎之又慎，确保向海里排放的每一滴水都达标；日常节能习惯化，如随手关灯、双面打印，老旧物品重新再利用等；垃圾分类细致化，可回收垃圾被细分为金属垃圾和其他可回收垃圾；组织员工海休倒班途中在三亚沙滩捡拾垃圾，参加公益性环保活动，履行企业的社会责任等等。

闲暇之余，凭栏远眺，这片碧海蓝天分外惹人喜爱；屹立于南海之中的气田平台，与这片海域的生命体和谐共生，丝毫没有打扰到这片海域的迹象。天蓝水清、鱼儿成群、海鸟翱翔，构成这幅美景少不了背后的默默奉献者们。从白天到黑夜，从新春伊始到岁寒冬末，他们一刻也不曾停歇地在平凡的岗位上为清洁生产、绿色节能奋斗着。在建设美丽中国的蓝图中，筑建美丽平台或许只是沧海一粟，但若是千千万万的这样小集体都能参与其中，那么汇聚的力量将无穷无尽，那么绿水青山的景致也将永久长存。

绿色节能不是一句口号，更不是束之高阁的宣传标语，它需要点点滴滴的付出和脚踏实地的努力。"一屋不扫，何以扫天下"，在生态文明建设的道路上，需要你、我、他的共同努力。小到个人、家庭，大到企业、社会，都需要为这项伟大的工程添砖加瓦，为子孙后代留住这份碧海蓝天的大美画卷。

以真心实意爱海惜海

张曙光

常年与海为伴的人们,难免生出对湛蓝海天的眷恋。常年出海的我,对海的景色有着不同的领悟。

浅海是欢快的,细细绵沙和粒粒螺壳铺成的海滩,承载着游人的欢愉,是最易接近的美好触觉载体。稍远处,绚烂的珊瑚,飘摇着舞姿的海藻,穿梭其间的精灵,一下便能抓紧你的目光,心中满是喜悦夹杂着惊奇。

或赤脚走在软软的、凉凉的沙滩上,迎着微微拂面的海风,听着返航渔船的汽笛声,用小腿碰触远处奔来的浪花,看夕阳斜坠,映着远处海天相接的绝美彩缎。

或坐在海边的礁石上,双脚放进欢乐的浪花里,让浪花裹挟的气泡和小沙粒碰撞着小腿,清凉、温润又舒爽着,看着眼前静谧秀美的景色,不禁感到惬意洒脱、悠然自得。

与欢快的浅海相比,深海让人感觉变幻莫测、宽广厚重。

站在海上平台远眺,远离陆地的深海显现冷冽的一面,风远远地卷起一排排白色浪花，如同策马奔腾，咆哮般宣示着大海的神圣威严。

远离陆地的深海也有热情的一面，炽烈的太阳蒸腾着海面，海风慵懒地踱着小碎步，不徐不疾地扫走黏在人身上的燥热，像极了久别老友的重逢，不轻不重，恰到好处地给人一个热情的拥抱。

远离陆地的深海还有沉静秀美的一面，无风时平滑如镜的海面延展到目视所及的海天相接处，反照着阳光，像一块无穷巨大的蓝色水晶，让人着迷。看平台近处，海面上数不尽的小鱼翻转腾挪，如同蓝色幕布上的眨眼的星星；稍远处，一群群海鸥闲适地贴着海面滑翔；远处的云朵，洁白无瑕，令人神往。

深海浅海，美景不尽相同。与欢快的浅海相比，我则认为深海隔离了一些喧闹和纷扰，保留着大自然神奇的造化，胜在纯净。我喜欢海上平台置身于纯净深海的感觉。

是啊，为了国家能源安全，我们海油人战天斗海，闯入这片纯净的美景中。所幸，平台投产十年，这片海美丽依旧，一如十年前惊艳我们目光的曾经。

深海依旧美丽，源于我们海油人对节能减排、绿色发展的追求。烈日当头下，我们在垃圾箱内翻捡分类，不顾淌下的汗水，只为细致分类、严格包裹，不让一点一滴洒到海中；狂风暴雨中，我们奔波检查、处理突发状况，那忙碌的身影，只为稳定地生产油气，不让一点一滴流到海中……

日复一日、年复一年，我们十年如一日，每天一丝不苟地对生产水进行含油分析化验，排放的生产水远低于国家排放标准，不让一滴污水排到海中。因为对大海的热爱，也因为对大海的责任，我们竭尽全力守卫这份美丽的纯净。幸好，大海依旧那样湛蓝、那样纯粹、那样生机盎然。

因为爱，以真心爱海。

因为爱，以实意惜海。

将环保理念内化于心

李法中

作为中国海油的一员，南山终端勇担呵护绿水青山的责任和义务。终端与5A级旅游景点三亚市大小洞天仅一墙之隔，游客甚至能看到天然气处理终端，终端已融入风景中。

高高的火炬塔看不到火苗和白烟，放空的塔顶气被回收作为低压燃料气，通过企地合作，终端用上了市电，再也没有了发电机的尾气排放。终端围墙不远处，美丽的新娘穿上洁白的婚纱，与心爱的新郎合影留住人生中美好的瞬间，花园式终端成了婚纱摄影的背景。中水系统将生活污水进行了达标处理，清澈的中水浇灌终端的树木花草，早起的员工们喜欢在树下或草坪上晨练。

一提起工厂，人们总会想到轰鸣的机器噪声，而南山终端却如此安静。引入市电后，噪声大大减小；LPG（液化石油气）回收系统封存后，大功率的高速泵、气体压缩机停运，不仅减少了噪声，也节约了能源，保护了环境。

节能、低碳、环保的理念已经植根到每一个员工的心里，每月两次的"节能30分"活动,让员工了解更多的节能知识和环保法律法规的要求。每年与三亚"蓝丝带"环保协会组织联谊和清理海滩活动,向社会传递环保的正能量。定期检查用水用电制度让员工逐渐养成节水节电的好习惯。每年植树节种下几十棵树或许微不足道,却为这片土地留下一抹绿。每一个人都在为节能环保尽绵薄之力。终端连续四年被评为湛江分公司节能领跑装置,荣誉的背后凝聚着全体员工对节能环保目标的追求、责任和汗水。

  保护环境,任重而道远,南山终端将继续秉承低碳、绿色、环保的理念,努力呵护好这如画一般的美景。

一缕烟的使命

庞启华

远古时代，一缕烟的使命是利用热量烤熟食物，推动先民从蛮荒走向文明；

蒸汽时代，一缕烟的使命是利用热能带动机器，推动人们从手工走向动力；

文明时代，一缕烟的使命是利用热媒循环换能，推动工业从粗放走向节能。

我是一缕烟，准确点儿说来，我是透平发电机的尾烟，无色无味，但高温。我的家住在北部湾海域，一个名叫涠洲12-8W/6-12油田的地方，那里的人们称呼我们叫高温废气，在透平燃烧室里产生，经过排放管道排到大气中，不仅造成温室效应，而且还污染环境。

油田的人们不喜欢我们，因为我们的存在总是给所在的区域"火中浇油"，人们一旦靠近就会产生明显的灼热感。从远处看过来，排放我们的区域一股股热浪扑面而去，他们总是避而远之。

油田管家们见我们如此被浪费，他们就主动展开了"头脑风暴"。

一方面，在积极倡导"节能低碳、清洁生产"的今天，外排的高温尾气能否有更好的"去向"？

另一方面，涠洲 12-8W/6-12 油田是涠洲油田群电网的枢纽，透平发电机每天会产生大量的高温尾气，这样巨大的热能可否有更好的"出路"？

与此同时，平台上的原油加热器、原油换热器等热用户需要热介质加热，热介质则需要锅炉燃烧柴油或天然气产生热量将其加热，在系统中进行增压、加热、换热，如此反复循环。

经过充分讨论和验证，油田管家们决定引进余热回收装置，让我们利用自身的高温，为热介质加热，供油田热用户使用。

这样一来，余热回收装置取代了传统的锅炉，为油田减少大量的柴油或天然气消耗。

从高温废气到透平余热，油田管家们用智慧为我们找到了新的"去向"和"出路"。我从这个名称的转变中，感到由衷的高兴，也明确了自己的使命。

经过我们加热后，携带大量热能的热介质就在热介质系统中与冷介质进行热能交换。换热后，已经"降温"的热介质又回到我们这里加热，再次携带热量重新出发。

每天在与热介质亲密接触的过程中，我逐渐明白：哪怕自己是一缕平凡的尾烟，也要尽情奉献自己的热量，去加热被需要的物体。

我很欣赏油田的管家们，他们积极思考、主动作为，通过引进余热回收装置，防止我们这些透平尾气直接排放，用行动呵护了北部湾的碧海蓝天，响应了国家的节能低碳号召；同时还解放锅炉压力，减少能源损耗，真正做到降本增效。

在工业文明时代，一缕透平尾烟，从无用到赋予使命，是海洋石油人坚守"绿色发展"初心、贯彻"绿水青山就是青山银山"生态理念的最好见证。

我是一只小小鸟

王 瑞

我是一只渴望展翅翱翔的小小鸟,想要飞得更高,领略世界更多色彩斑斓的风华。我看过万里长城绵延不断的壮观,看过黄埔江边东方明珠的闪耀,看过波澜壮阔的中国南海的故事……

每到秋冬之际,我会和我的家人们一起举家南迁,追随着太阳在回归线之间的脚步,寻找一个温暖的冬天。2017年的秋天,飞着飞着,眼前突然灰蒙蒙的一片,我好像跟家人走散了,"爸爸妈妈,你们在哪里?"我心急如焚地大声呼喊。

可越是大喊,越是感觉快要喘不过气来,翅膀越来越重,无数的过往化作"尘埃"涌进我胸口。"这不是雾,这是霾!"我猛然惊觉,"必须赶紧穿过去。"

没有了父母的呵护和鼓励,这是我第一次独自前行,面对眼前这不见天日的场景,仿佛整个天空都化作了牢笼。我凭着我的直觉,努力振翅飞翔。累了,想要像往常一样着落在一棵树上,或者灯杆上,驻足休息片刻,"不行不行,停下来就再也见不到爸爸妈妈了。

没有家人的陪伴，我是去不了南方的。"我不顾自己的疲惫，眼里噙着泪水，拼命扇动翅膀，继续飞翔……

飞啊飞，飞啊飞，不知道什么时候，终于穿出重重雾霾的包围，来到我向往的大海之上。海面上升的气流温柔地托起我的翅膀，新鲜湿润的空气沁入心脾。面朝大海，春暖花开，大抵说的就是如此吧。

在辽阔的大海中飞翔，是我的梦想，看晨曦的光辉从大海里升起穿破夜幕，欣赏夕阳告别天空时染红的一片云彩，真是别有一番滋味在心头。

渡轮在波浪之间穿梭，鱼儿在海里自由自在地嬉戏。有一天我邂逅了我的小伙伴，她跟我一样，出来追寻自己的梦想，我们结伴而行，相互鼓舞，彼此分享，在这漫长的旅途中我们渐渐成为彼此的依靠。

"看，那是什么？"一座庞大的"钢铁怪兽"屹立在大海中央，见识浅薄的我们被眼前的景象所震撼。好奇心驱使我们飞了过去，倚靠在栏杆边上，一个个似曾相识的设备"轰隆隆"地运行着，一群蓝色、白色的身影在设备之间忙忙碌碌地穿行。

"你听，他们在说什么？"我朝着我的小伙伴说道。我们俩迫不及待地想要知道这里究竟是什么地方。

"取一下分离器水样看看"，"我们需要添加一个余热回收装置来回收透平发电机尾气热量"，他们说着我们听不懂的术语。

"什么是余热回收装置啊,"我的小伙伴朝我问道。

"我,我也不知道,是不是回收热量的装置啊,"我们俩绕着"钢铁怪兽"转了一圈。

"是不是那个啊,那里有热腾腾的空气扰动,我们要不飞过去看看?"我对我的小伙伴说道。

"不了不了,还是算了吧,这周围都好热,气流也乱乱的。"小伙伴回复我道。

那段时间,我们俩好奇地探索着这个庞然大物,细听着那里的人交流和述说。

"哇,这个余热回收装置这么厉害啊,每年能够回收节约用气那么多。"有一天,我的小伙伴不知从哪听来的消息,朝我表现出她的惊讶和赞美,"怪不得这里的天气那么好,碧海蓝天,真的赏心悦目。"

"是啊。你快看,你快看,是海豚耶!"我眼前一亮,一群海豚窜进我们的视野里。它们绕着平台自由自在地遨游着,时而跃出水面,映着湛蓝色的大海,竟然成了一道美丽的风景。

"哇,真的是,它们好可爱啊!"我的小伙伴喜悦之情溢于言表。

"看来这里的人们保护环境真的很用心,不光是我们,还有好多小鱼在平台周围啊,甚至连海豚都被吸引过来了。"我赞美道。

"是啊,这段时间我不只了解到余热回收装置哦,我还知道那个什么,对,压缩机,他们在搞注气压缩机,好像要减少火炬放空,然后还要进一步回收凝析油什么的。"我的小伙伴对我说道。

"对对对，我也有知道，这里的人们对低碳环保真的特别重视，不仅通过原来的良好实践来推行节能低碳，还总是通过创新工艺流程、优化生产工艺来进一步保卫碧海蓝天。"我回应道我的小伙伴，"你不知道吧，有一天晚上你都睡着了，我自己出去转了一圈，发现有个人正在填写叫做'节能IC卡'的卡片，这段时间里我见到上面好多内容都在付诸实践。"

"要是有更多的企业和人们能像这样关注节能环保的话，就不会有太多雾霾了，我也不会和我的家人走散了。"说着说着，她眼角涌出了泪水。

"等到春天，我们一起回北方和家人团聚。"我摸了摸她的头，"我相信，这里的绿色低碳之风，来年也一定能吹过大海，吹遍山川，驱散天空的雾霾。"

漫漫人生路，点滴在心头

李俊澄

曾几何时，"谁知盘中餐，粒粒皆辛苦"的诗句常在耳边回响；曾几何时，"一粥一饭，当思来之不易；一丝一缕，恒念物力维艰"的古训仍在心头萦绕；曾几何时，伟大领袖毛泽东掷地有声的一句话："浪费是极大的犯罪"，指引着几代人艰苦创业、自力更生。"崇尚节约"这个古老而又年轻的命题，如今又被赋予新的历史使命和战略意义。

如果说利润是企业生存之道，节能降耗就是实现利润的最优解之一。一个规模再大、实力再雄厚的企业，如果缺乏节能降耗的文化，就失去重要的核心竞争力。节能降耗需要从我做起、从点滴做起，点滴容易被人们所忽视，但它的作用是不可估量的，有滴水穿石的力量。

在油田现场涠洲 12-1 油田，节能降耗的实例随处可见。曹师傅将旧螺栓保养好，存放好下次备用。聂师傅在每天的工作结束后都会翻看一遍垃圾桶，检查里面有没有还可以利用的废料。办公室里

打印过的每张纸,都反过来再次利用;车间的空调和灯,每天下班都按时关闭;短时间不用电脑时,启用电脑的"待机"模式;喝完的矿泉水瓶子,摇身一变可以变成加油的漏斗、检漏的试漏瓶……节能降耗对我们来说并不一定需要高深的理论和高超的技艺,也许只是举手之劳。从工作生活中的一点一滴做起,营造"人人讲节约、事事讲节约"的良好氛围。

从思想上崇尚节俭,以节约为荣、铺张浪费为耻,抛弃"家大业大,浪费点儿没啥"的理念;从工作上付诸行动,从我做起,从点滴做起,从自身岗位做起。对油田来说,点滴是一颗螺栓,是一截电线,是一滴油、一方气、一度电。漫漫人生路,点滴在心头。作为一个有责任感、荣誉感和使命感的海油人,就应付出智慧和汗水,在各自的岗位上为节能降耗添砖加瓦。

第二章 躬行·深耕在节能

展宏图

柏 泽

降本为启巧开源,
增效筑根展画卷。
七年行动踏宏途,
青年素梦绘明天。

如今，水资源危机已经成为全球性问题，水资源的匮乏给我国的经济与社会发展带来了严峻的挑战，如何最大限度地合理用水、节约用水、循环用水成为湛江分公司一直在思考的问题。

淡化海水"解渴"生产一线

虽然已经进入深秋时节，但位于北部湾海域的涠洲终端依然暑意未消，湛江分公司正在加快建设南海西部最大的膜过滤海水淡化装置。"装置建成后年可生产淡水16万立方米，有利于终端的节水、提效。"公司生产部生产经理田宇向记者介绍。

涠洲终端承担着南海西部最大原油生产基地涠西南油区的油气处理、储存及外输等重任，位于广西北海以南60多公里的涠洲岛上。该岛是我国最大最年轻的火山岛，常年游客如织，岛上工农业、旅游业及当地居民的用水，几乎全部取自地下水。近年，随着岛上旅游业、工业不断发展，岛上用水量迅速增加，淡水资源明显不足。另一方面，近年涠西南油区产量持续增长。为满足生产需要，湛江分公司对终端进行扩建和改造，其中之一就是余热发电，利用终端生产装置的余热，蒸馏淡水产生蒸汽，驱动发电轮机。考虑到涠洲岛淡水不足的实际情况，湛江分公司引进膜过滤海水淡化装置，就地取材用海水生产发电用淡水。"所谓膜过滤，也称反渗透法。"田宇解释道。通常情况下，淡水通过半透膜扩散到海水一侧，使海水一侧的液面升高，至一定高度后停止。在这个过程中，若对海水一侧施加一定的外压，海水中的纯水又将反渗透到淡水中。"这种海水淡化法能耗低，仅为电渗析法的 1/2、蒸馏法的 1/40，因而被普遍采用。涠洲终端正在建设的这套装置，投运后每天可生产淡水 500 立方米，各项指标超过饮用水。"

田宇还介绍，除了膜过滤法（反渗透），另一种海水淡化法是负压蒸馏法。这两种方法在南海西部海上各装置均有应用，但以膜过滤法为主。目前，除了即将投运的涠洲终端海水淡化装置，湛江分公司文昌、涠洲海域的一批油气田也在使用海水淡化装置，年生产淡水超过 3.6 万立方米。

"海上油气田生产平台远离陆岸终端，所需淡水以前都是从陆地定期补给的，成本高，遇到台风等恶劣天气，淡水资源无法得到及时补充，会影响平台上的生产与生活。海水淡化技术的逐步应用，有效缓解了海上装置对陆地补给淡水的依赖。而且由于该技术具有成本低、能耗低、占地面积小、淡化水质好等优势，也有力促进了海上平台的降本增效。"田宇表示。

东方终端的余热回收项目是湛江分公司能源回收利用的一项重要举措，不仅在节能和环保上大有成效，还为另外两家公司提供了便利，形成了"三赢"的局面。

东方终端回收透平余热实现"三赢"

又到了年终节能审查的节点，中国海油首个透平压缩机余热回收项目——东方终端余热回收项目，投用整整5个月，已节约天然气500多万立方米，创效800余万元。

东方终端是海南省最大的清洁能源输送纽带。终端有3台（用2备1）燃气透平压缩机组，用于管输天然气增压。正常生产时，机组会产生450℃左右的高温烟气，此前因技术等多种因素无法回收。另一方面，终端正常生产时每小时要消耗约33吨蒸汽，这些蒸汽由4台（用3备1）燃气蒸汽锅炉燃烧天然气提供，每产生1吨蒸汽，需耗费约100立方米的天然气。如果将燃气透平压缩机的烟气余热回收，用于生产蒸汽，岂不是既节能又环保？湛江分公司为此积极探索。

为加快落实透平机组节能余热利用节能改造，湛江分公司及时编制方案，在燃气透平机组后增加一台每小时生产15吨余热蒸汽的锅炉，利用透平机组高温烟气加热产生蒸汽并输入原有蒸汽管网。

该方案2013年获批复，随即进行施工建设，项目顺利投运。

该项目大幅度减少了东方终端原有锅炉的热负荷，实现了5台蒸汽锅炉的用3备2，提高了终端供热的安全性和可靠性。更为可喜的是，按每小时生产15吨蒸汽计算，一年下来可生产蒸汽131400吨，因此年可节约天然气1260万立方米，减少二氧化碳排放19380吨。节省的天然气年可增加销售收入近2000万元。

在数字技术与通信技术日新月异的今天,如何利用现代化手段为节能服务,建立节能长效机制,是湛江分公司正在努力探索的方向。

节能降耗,"数字"与"技术"齐飞

邵智生　傅文水

喜讯传来,中海石油(中国)有限公司湛江分公司(下称湛江分公司)以102分的成绩通过年度广东省万家企业节能考核,这也是该公司在过去五年内第二次成绩超过百分。"十二五"期间,湛江分公司累计完成节能量折合标准煤约20万吨,创效5.5亿元。公司抓住"数字化"和"新技术"两个关键点,构建节能长效机制,打造"绿色油田"。

近年来,湛江分公司着力推进以"信息化"为基础的节能管控体系建设,以确保公司对各用能单位的有效管控。公司推出的"节能信息管理系统"可以满足复杂的统计需求,将海上油气生产各级能源消费单位、大型项目等定义为"多个不同的能效单元",极大地提高了公司对用能状态的掌控能力。

为进一步提升公司重点用能单位数据的采集速率和时效性,湛江分公司建立了涵盖涠洲终端、涠洲12-1油田、涠洲11-1油田、文昌 13-1/2 油田的能源管控系统，及时、准确地采集能耗数据。使用该系统后，油田装置中的柴油和新鲜水储罐的液位、电消耗等数据都可以自动汇总，生成三维图形分析。该系统还与涠洲油田群电网结合应用，每年可直接节省燃料气和柴油成本超过 550 万元。

"十二五"期间，湛江分公司用技术驱动节能，持续开展了余热回收、智能电网等技术攻关和推广应用。在东方终端透平余热回收项目中，湛江分公司采用透平余热利用技术彻底改变了东方终端天然气处理系统的供热方式。将透平机燃气放空余热的 90% 以上全部用来生产蒸汽，每小时可生产蒸汽 20 吨。项目改造后，原来用于生产蒸汽的锅炉停用，年节约天然气 1260 万立方米，创收 2000 多万元，节能量 13.8 万吨标煤，减排量 1.83 万吨二氧化碳。透平压缩机组的综合热效率也由原来的 22.37% 提高到 93.8%。

在涠洲油田群海上智能电网技术应用项目中，湛江分公司研究出了适合海上电网能量管理系统的网络结构，每年可节省天然气超过 4000 万立方米，节省 7000 万元以上。

变废为宝

湛江分公司通过强化自检自修、技术革新、设备国产化、流程优化等手段深入推进"质量效益年"4.0版活动。其中，仅修旧利废一项，全年就实现降本565万元。

"每年淘汰下来的设备还有很多部件、配件是'宝贝'，只要我们多动脑筋就有可能变废为宝。"湛江分公司生产部副经理兼装备经理熊永功如是说。

面对年初高达数亿元的库存和公司降库考核硬指标的巨大压力，湛江分公司把修旧利废作为减少库存增量的重要手段之一，通过采取三大措施，助推公司完成了降库考核指标。

一是修复旧的或损坏的配件和设备。比如，12月，"南海奋进"号FPSO（浮式生产储卸油装置）生产区可燃气探头GD-2005和GD-4008损坏。维修人员通过检测发现，两探头具体损坏点不同，分别为探头检测部件和通讯板，通过拼装，可修复成为一台可燃气探头，节约采购费用1.2万元。

二是回收利用检维修换下来的备品、备件325项。如涠洲12-1PAP平台在海水粗过滤器换型后，将旧过滤器解体检查并修复后应用在 12-1B 平台海水系统，从而使原本计划淘汰的粗过滤器获得了重生，节约采购费 20 万元。涠洲 12-1PUQB 平台利用废弃扁铁加工成两个半圆形卡箍，制作出新的工装，完成了在线更换外输泵平衡鼓，将原本需要 9 天的工作量减少为 3 天，节约费用 3 万元。

崖城 13-1 平台利用以前淘汰的中控房空调室外电机替换烧毁的井口排风扇电机，并利用其他废旧材料维修灯具，节约成本 2.3 万元。

三是重新启用改扩建项目剩余的工程余料。涠洲 6-9/6-10 平台新增 3 口井的井口回接管件阀门，超过半数利用的是湛江分公司综合调整项目工程的余料，节约采购费用 25 万元。

涠洲 12-1B 平台利用外挂工程电缆槽余料自主焊接制作修井机回流槽，既保障了修井作业顺利进行，又节约采购和现场安装费用 6 万余元。未来，湛江分公司将加大库存共享、修旧利废的范围和力度，以实际行动贯彻落实中国海油提质增效活动的战略部署。

为了调动油气田生产一线员工参与节能减排工作的积极性，进一步挖掘节能潜力，湛江分公司制定了节能监督员制度。随着越来越多的员工的加入，目前这支队伍已经有113人，在促使节能低碳文化在现场生根，促进油气田节能管理提升方面起到了重要作用。

架起节能沟通桥梁

王 瑞

"下周轮到我们油田作为分公司'节能大使'开展节能活动，大家都有什么好的想法？"中海石油（中国）有限公司湛江分公司涠洲12-8W/6-12油田节能监督员QQ群渐渐热闹了起来。

"我们可以借助海上电台进行节能环保主题播报和宣传。"

"我们可以策划节能故事视频征集活动，并且评选节能好故事。"

"我们可以征集和评选各个油田节能金点子，相互学习和促进节能工作高质量开展。"

各位节能监督员纷纷提出自己的构思。经过一番讨论，油田决定以征集和评选节能好故事视频来开展此次节能活动，并将优秀视频在餐厅电视进行滚动插播。

自从节能监督员制度在涠洲 12-8W/6-12 油田落叶生根以来，油田节能环保工作开展起来更加有序高效。节能监督员渐渐成为油田节能管理的先行者和中流砥柱，不仅使得包括统计台账、跟进节能项目、更新计量器具等日常节能工作件件有人落实，而且通过举办形式多样的节能活动引领更多员工学体系、学精神，更加积极地参与到节能工作中，为油田建设绿色工厂注入更多活力。

"现在，通过以自愿申请担任节能监督员为桥梁，油田节能工作开展'化整为零'，将'浩大'的工程细化'变小'分配到日常工作中，并且由节能监督员专人负责，使得节能工作开展更加井然有序，同时油田越来越多的员工开始慢慢了解和熟悉节能工作，为油田节能工作高质量发展筑牢基石。"生产监督易伟说道。

此外，涠洲 12-8W/6-12 油田节能监督员还充分利用海上电台、微信微博等多种媒介以"节能低碳、清洁生产"为主题进行宣传，将日常或开展活动拍摄的节能视频通过餐厅电视进行滚动插播，为海上一线员工普及更多的节能知识和意义，营造油田浓厚节能低碳氛围，潜移默化引导员工养成技能环保好习惯。

做策划、想文案、开展活动、宣传报道、形成总结，在担任节能监督员过程中，不仅仅有助于员工学习节能知识、了解节能制度和开展节能工作开展，更重要的是促进员工节能意识的提高和综合能力的提升，引导员工更加全面的发展。

"担任节能监督员一年有余，我收获颇多。不仅节能工作开展流程也更加熟悉，而且我的节能素养也有所提高，诸如办公软件、文字总结、视频拍摄方面等也有很大进步。"涠洲 12-8W/6-12 油田节能监督员李勃说道。

技能减排，绿色生产并不是只有策略和文件就可以实现的，它需要每一位员工积极参与进来，用自己的实际行动为环保添一份绿意。文昌13-6平台正是凝聚了每个人的力量，用金点子和创造性改造奏响了新的乐章。

奏响节能减排新乐章

"截至10月底，油田共收集到243条节能减排意见和建议，其中有24条意见形成节能技改新方案，部分方案已产生了显著的经济效益。"今年以来，有限公司湛江分公司文昌13-6油田结合生产实际，深入宣传节能减排理念，在员工中广泛收集节能减排金点子，并将其转化为可操作的节能减排新举措。

人人参与节能，是文昌13-6油田一直奉行的理念。为此，油田充分发挥节能义务监督员的骨干作用，做好节能理念、措施的讲解与宣传，营造良好的舆论氛围。通过设计贴合实际的宣传画、知识竞赛等方式，调动员工的积极性，主动为油田节能减排献言献策。

金点子仅停留在书面还远远不够，必须将其落到实处方可见效。结合生产实际，综合考虑多项因素，油田将其中可操作的建议具化为实际方案，并加以实施。例如，在文昌13-6A平台，员工建议货物吊装优先或尽量选择电动吊机，以减少柴油吊机的使用。目前该建议已在实际生产中得到广泛应用，每年节约柴油折合为 17.49 吨标准煤。

创新性改造是文昌 13-6 油田节能的又一重要"法宝"。截至目前，文昌 13-6A 平台已完成对现有海水造淡水系统用户的优化改造，除厨房饮用水外其他用户均使用海水造淡水。仅此一项，可将拖船给平台补给淡水的周期由 10 天延长至 30 天，年可节约饮用淡水近 3000 立方米。此外，文昌 8-3B 平台收集空调冷凝水后，将这些淡水通过管道集中在中水罐中，在不影响原消防管网使用功能的前提下，将中水引入消防管网代替淡水进行保压。据统计，该项改造每年可节约淡水 600 立方米。

"把能耗降下来，让效益涨上去。"这是文昌 13-6 油田全体员工常挂嘴边的一句话，创新降能耗，节能减排正在油田奏响新乐章。

小卡片带来大效益

袁 波

国庆刚过，文昌13-6油田的操作工杜磊像往常一样，打开了油田服务器的节能管理文件夹，找出一个叫"节能IC卡统计一览表"的表格。只见他熟练地写道：油田丢弃的垃圾中，有很多可以重新利用的东西，节能小组可以考虑适时组织开展油田范围内的修旧利废大赛。原来这是杜磊在填写他本周工作中想到的节能金点子。

填写节能IC卡，是湛江分公司自今年年初开始推行的一项节能管理新举措。"IC"是英文"inspection card"（检查卡）的缩写。

每周油田员工都会按时将本周搜集到的一些节能小创意通过节能IC卡记录下来，油田生产监督会在周例会上逐条进行评审。对于一些好的节能点子则会升级为油田范围内的节能技改方案，由油田的节能义务监督员推动实施。自该卡片推行以来，通过全员参与节能观察，文昌13-6油田共收到112余条节能意见和建议，其中涉及生产处理区、办公区、生产车间等多个区域。

油田的节能IC卡不盲目追求填写数量，更看重点子的质量。截至目前已经有 14 条意见形成节能技改方案，部分方案更是产生了显著的经济效益。

以造淡水管网改造项目为例，文昌 13-6A 平台由于前期管线设计的原因，造淡机投入使用后无法发挥最大作用，富余的造淡水未得到充分利用。该问题被录入节能 IC 卡汇总表后，油田专门进行讨论并制定了节能技改实施方案，通过对原有流程进行优化改造，最终实现了造淡水用于洗衣、淋浴及冲厕所。改造完成后每年可节约淡水 3200 立方米，节约柴油折合标煤约 58.4 吨。

"作为一个节能信息收集工具，节能 IC 卡可以广泛地了解各方的节能建议，帮助相关管理部门找出薄弱环节，及时制订相应的处理措施和管理方案，挖掘现场节能潜力。"文昌 13-6 油田生产监督郑海斌说。

近年来,在涠洲12-8W/6-12油田,每逢雨天,油田员工总会借助雨水对6S责任区进行维保,节水意识逐渐深入人心。同时,油田注重强化员工节水意识,加强节水文化建设,提醒大家将"惜水、爱水、节水"的观念落实到位,有效推动油田水资源管理水平再上新台阶。

巧用雨水来节能

王 瑞

"借助雨水替代淡水来进行消防喷淋系统测试和现场6S管理的建议不错。正常情况下,通过海水测试完消防喷淋系统后,需要使用淡水冲洗甲板以防海水造成的腐蚀,而借助雨水对甲板进行冲洗可直接减少对淡水的消耗。"此前,在中海石油(中国)有限公司湛江分公司涠洲12-8W/6-12油田的一次节能讨论会上,生产监督易伟这样总结说。

"中控,据天气预报信息,大雨即将到来,马上准备测试平台消防喷淋系统!"油田安全监督陈晶岩在对讲机里说。

没过多久,只见远处乌云密布,倾盆大雨如期而至,将平台刚喷淋的海水和掺杂的灰尘杂质一扫而光,整个平台焕然一新,大家纷纷行动起来，对各自所负责的 6S 区域进行维保。统计好相关数据之后，油田节能义务监督员李勃告诉大家："这次借助雨水测试消防喷淋系统的效果不错，有效节约淡水近 20 立方米。"

近年来，在涠洲 12-8W/6-12 油田，每逢雨天，油田员工总会借助雨水对 6S 责任区进行维保，节水意识逐渐深入人心。同时，油田不断创新节水模式，做到集思广益，将员工提议的良好节水措施收集起来，提交节能小组进行讨论，从中筛选出可操作性强、经济效益显著的建议，将其推行落实至生产现场。

通过新增空调冷凝水和雨水回收罐等措施，油田持续优化工艺流程，将收集的中央空调冷凝水和雨水用于甲板清洗和厕所冲污，有效减少拖轮用于补给淡水的消耗量。油田还组织现场人员对海水淡化装置、生活污水处理装置等节水设备进行精细维保，通过定期清洗生活污水处理装置膜组，在海水淡化装置上加设紫外线杀菌装置等一系列措施，有效提高设备使用效率，延长设备寿命，降低了拖轮补给淡水的频率。

开展形式多样的节水知识问答、节水演讲等活动，定期组织节水主题教育和节水知识宣传，涠洲 12-8W/6-12 油田注重强化员工节水意识，加强节水文化建设，营造出浓厚的节水氛围，在洗眼站、洗手台等位置均贴有节水标志，提醒大家时时将"惜水、爱水、节水"的观念落实到位，有效推动油田水资源管理水平再上新台阶。

第三章

点滴

·汗水与智慧

给海洋一片绿色的未来

郭俊峰

轻描海洋的画册
蔚蓝的大海在耳畔言语
高耸的钻机
摇曳的油轮
为未来是否已经许下了诺言
忙碌的文昌海油人微笑着
他们正用自己的行动践行

因为海油人的身心
离不开海洋的滋润
因为海油人的智慧
离不开海洋的慰藉
你不见
遨游的鱼儿

清凉的海风

多彩的海底世界

都在殷勤的期盼

而此时

勤劳的文昌海油人铿锵地答道

未来的大海深处

将是安静、富饶、和谐、绿色的家园

我们会深情地挥舞着手中的画笔

画出白云朵朵

画出海底的色彩斑斓

画出海水的蔚蓝

画出海洋生物的勃勃生机

我们能画出的

一定是幅海洋绿色的未来

绿色低碳，润物无声

刘　娜

"陈姐，您确定要自己动手做吗？"

"小刘，这其实很简单的，只需要买点材料简单加工就行。"

正在张罗群团兼职人员拓展活动的陈玲珍，是中海石油（中国）有限公司湛江分公司的女工委主任、党群工作部党群经理，我们平时都喜欢亲切地称她"陈姐"。

数根橡皮圈，几条尼龙绳，经过陈姐的妙思巧手，转眼间就变成了拓展活动的道具。可别小看了这些廉价原材料组装成的"仿制品"，如果到市场上购买专业道具至少花费两到三千元。

在党群工作部，这样精打细算的例子不胜枚举。今年5月份，分公司为丰富女工业余文化生活，构建和谐亲子关系，策划举办"巧手女工，绘梦童画"培训互动活动。活动前期，女工委员及女工小组长们召开了多次筹备小组会议，发动大家开动脑筋节俭办活动。为了节约场租费，女工委将场地选在分公司食堂，利用非就餐时间组织活动。我们通过与分公司其他部门互通有无，解决了会场所需的笔记本电脑、投影仪以及摄像机等设备,唯独缺少了移动式投影幕,经过多方打听和沟通协调,我们又从某宾馆免费借来了这套设备。虽然购买该设备也不过四五百元的花费,但是我们的理念是:能省一分是一分。多节约一分,就可以多用一分在员工身上。随着公司的大力宣传和文化培植,"绿色环保,节能低碳"的理念早已深入人心。党群工作部虽然不能像生产部门那样轰轰烈烈地搞节能项目,但是却把"绿色低碳"的理念穿插在了日常工作和生活的点点滴滴当中。

6月份,由总公司团委联合科技发展部主办,南海西部石油管理局(下称管理局)团委承办的中国海油青年创新创效上游科技分论坛在湛江举行,党群工作部承担起了本次分论坛的各项会务协调工作。在会场预定好之后,考虑到此次论坛涉及青年科技论文交流评比会、青年科技人员座谈会、科技讲堂和交流沙龙四个环节,每个环节都需要预先准备不同的台签、签到表、会议指南及参会名单等会议相关材料。再加上近100名的参会人员,原计划将这一部分工作任务交由会场工作人员负责,但是当得知打印这些资料需要另外计价且要花费不菲时,我们还是果断决定,宁可自己加班加点,也要省下这笔钱。为此,我们联系了管理局的志愿者们,大家分工合作,最终,在节俭办活动的原则下,圆满完成了本次分论坛的各项任务,并获得了主办方的好评。

"绿色低碳"并不只是一个部门、一个企业的事情,而是每个个体乃至全社会共同参与的事情。也许，跟公司的上游主业相比，我们节约的费用微不足道，为降低公司能源消耗所做出的贡献也只是九牛一毛，但是积沙成塔、集腋成裘，我们愿意力尽所能地去践行"绿色低碳"理念。这既是一项事业，也是一种思想，只有每个人在每个环节都做到了极致，才能真正达到"绿色低碳，润物无声"的境界。

"抠"出来的效益

陈经锋

"走,咱们找林队长去!"早班会刚过,中海石油(中国)有限公司湛江分公司文昌 13-1 平台上甲板,操作工刘东明在临时发电机旁突然停下脚步,扭头对徒弟郑中浪说道。

平台调整井作业进入设备拆卸阶段,上甲板安装了临时发电机以及泥浆泵,刘东明对发电机和泥浆泵的柴油箱液位进行检查后,便要起身去找井队的林志斌队长。

看着郑中浪一脸疑惑,刘东明边走边解释道:"发电机和泥浆泵的柴油箱内还有剩余柴油,如果不回收,将增加吊装及运输过程中的风险,还会浪费资源。"

"师傅心真细,我怎么没想到。"郑中浪拍了一下自己的脑门,不由地加快了脚步。

很快,师徒二人来到钻井临时办公室,林志斌正在收拾桌子上的报表资料。沟通过后,林志斌对刘东明竖起了大拇指,"平台有你这样的老师傅太让人放心了,咱们赶紧设法回收!"

三人重新回到现场，刘东明提出回收方案：利用现有管线回收部分柴油至平台一号泥浆泵柴油箱，再制作一根管线从柴油罐液位计处回收剩余的柴油。

郑中浪正寻思着，刘东明已大步流星地向中层甲板走去，他连忙跟上。在工作间里，刘东明很快集齐了管线、接头、阀门等配件，开始埋头苦干起来。

一个小时后，刘东明和郑中浪带着预制好的管线出现在上甲板，一阵熟练的连接后，回收柴油作业正式开始。

看到柴油罐液位由 180 厘米上涨至 191 厘米，郑中浪心中盘算了一下，足足回收了 1.54 立方米柴油！

"看到没，这是咱们抠回来的效益。"刘东明擦了擦脸上的汗珠，笑着对郑中浪说。

一段铁丝

董 哲

夕阳。

老孙每天最期待的事情,就是在结束一天的忙碌后,吃晚饭时能够静下心来,看看落日。海平面上三三两两的残云堆砌在一起,仿佛在随着浪花慢慢起伏。几只不知名的海鸟从头顶掠过,不知道飞了向何方。

文昌 13-2A 平台是一个小小的井口平台,虽然有着令人称赞的油气产量,却不过千余平方米,连吃饭都只能围在生活楼的四周。老孙自从 2002 年平台投产后就扎根在了这里,用他的话说就是"对这里的每一颗螺栓都清清楚楚。"因为老孙精湛的工艺技能以及平易近人的性格,大家都对他称赞有加,都喜欢跟他交个朋友。

老孙把饭盆里最后一口米饭扒进嘴里,站起来伸了个懒腰。每到这个时候,平台下就会凑起鱼群,仿佛通了灵性一样盯着平台上吃饭的人,希望能够分到一杯羹。一个新来的务工的小伙子兴致勃勃地看着这些鱼,半晌,他从口袋里掏出一小段铁丝,用力地扔向了海里。看着海里的鱼群为了争抢食物而聚集，又发现无法食用而散开，小伙子哈哈大笑，又拿出一根铁丝，打算扔下去。

"你在做什么！"一个愤怒的声音打断了小伙子。他抬头一看，映入眼睛的是老孙那张愤怒的脸。老孙一把夺过了他手里的铁丝，"你知不知道这样会有什么后果！"

小伙子被吓坏了，在他的印象里老孙从来都是笑眯眯的，有求必应，一副老好人的样子，他难以理解为什么这样一个人会为了一小段铁丝大发脾气。

老孙今年刚刚入职的徒弟小李见状，慌忙上前拉住了老孙。老孙摇摇头，对小李说道："我不是想对他动粗，我只是想让他知道，破坏环境的行为，哪怕是一丝一毫，都是很严重的。"

小伙子哑然失笑。他说："不就是一段铁丝吗，哪儿有你说的那么严重。"

老孙叹了口气，他扶着栏杆，望着远方说道："你们还年轻。在十七年前，平台刚刚投产的时候，我们平台周围远比现在热闹得多。那时候，经常会有各种各样的说不上名字的鱼儿来光顾，有一只虎头鲨经常在饭点围着我们平台打转，有一只长长的电鳗在桩腿附近安了家，还有一只漂亮的魔鬼鱼，经常展着它巨大的鳍在四周捕食，在太阳的照耀下通体幽蓝，真的非常漂亮，它们都像是我的朋友一样，即使工作再辛苦，看到它们总能够静下心来……"老孙跟两位年轻人描述着过去的大海，心思仿佛也回到了过去。

"可是",老孙的语气低沉了下去,"十七年过去了,这幅景象再也看不到了。这些年,人类经常不加节制地对海洋进行开发,造成能源严重浪费,让许多不可再生的资源被破坏性开发,也严重破坏了海洋的生态平衡。各种非法捕鱼让大量物种灭绝,生物链一再被破坏。各种废弃物直接不加处理直接排放入海,让原本蔚蓝的海洋变得越来越黑。就像你刚才丢进去的小小铁丝,不仅对海中的生命,对人类也很危险。这些重金属被藻类和海洋植物吸收,小虾吃了藻类,鱼吃了小虾,人又吃了鱼。最终遭殃的是排放污染的人类。人类永远想着'就这么一点污染,没事的。'殊不知在雪崩的时候,没有一片雪花是无辜的!"

听了老孙的一席话,两位年轻人沉默了。半响,小李开了口,用微弱的声音对老孙说道:"师傅,我懂了。可是,我们不能为这片海做些什么吗?"

"我们已经在行动了。"老孙欣慰地说道:"咱们湛江分公司,在绿色节能上从未停止脚步。就拿刚刚过去的2018年来说,我们开展了东方绿色智能油气田试点和南山终端绿色工厂建设,全力推进新老油田能源在线监测系统建设等绿色节能工作。我们全年开展各项节能举措三十多项,全面推进节能创新管理7项,合计能耗仅50.43万吨标煤,措施节能量6.95万吨标煤,全年实现新增措施节能3.7万吨标煤,超额完成集团公司和地方政府的年度节能考核指标,被评为集团公司节能精细化和体系化管理标杆。我们2019年依然有各类绿色项目30多项，预计投入超过一亿元，预计可实现的新增节能量有五万多吨标准煤！"

两个年轻人听得眼睛发亮。小伙子开了口："那我们个人呢？我们能做些什么？"

"我们应该紧紧跟随公司的脚步！"老孙哈哈大笑："环保和节能，从来都是我们的职责。我们在各个平台有节能监督站，可以第一时间接收各个平台提交的节能建议并进行讨论、推广、实施。我们平台上有节能IC卡，让每一个人都能畅所欲言提出自己的建议，参与到保护海洋和节能减排的活动中来。我们定期开展各项绿色活动，大家多多参与，能让节能理念根植人心……我们能做的有很多很多。关键是，你有没有真正意识到绿色与节能的重要意义，能不能真正加入这场海洋保卫战！"

听了老孙的一席话，两个年轻人热血沸腾！望着两个人的眼神，老孙知道，又有两个年轻人即将投身到"绿色低碳"的队伍中来，他们将用实际行动践行湛江分公司的节能理念。

"那么，你该怎么做？"老孙将铁丝还给了小伙子。

小伙子看了看那一段铁丝，夕阳的余晖下竟有些闪闪发亮。他转过身，将它丢进了垃圾箱。

"接下来，请看我们的行动吧！"小伙子说道。不知他说话的对象是老孙，还是这片蔚蓝的海洋。

能省一滴是一滴

董 哲

"水是我们赖以生存的生命之源。我们要秉承'能省一滴是一滴'的节水理念，大的改造要抓，小的发明要搞，在节水上我们决不能停止前进的脚步！"在中海石油（中国）有限公司湛江分公司文昌 13-1/2 油田作业公司（以下简称作业公司）的"保护水资源"主题讨论会上，油田生产主管张立的一席话赢得了与会人员的热烈掌声。

在作业公司文昌 13-2 综合调整开发项目顺利推进的同时，项目组的每个成员都把"能省一滴是一滴"当成了组块改造优化的重要准则之一。

"如果安装海水淡化装置的提案能够顺利通过，每个月就能生产淡水 30 立方米，不但能减少拖轮补水次数，节省柴油，更能有效节约淡水，十分'有利可图'！"文昌 13-2 平台生产监督郭文涛早晨三点就打电话喊醒了维修监督何耀华。

在项目的详设阶段，文昌 13-2 平台生产监督郭文涛提出的为平台加设海水淡化装置的提案因为平台布局原因难以通过,昨天下午的讨论中又遭到否决。但郭文涛并没有放弃,打算在上午十点的会议上再次提出。"我们再理一遍平台设计,看看如何在满足平台承重的同时把管线布局到最合理!"何耀华自然也明白郭文涛心中所想,他连早饭都没吃便匆匆赶到了办公室,与郭文涛一起对着设计图开始了计算。

大楼外只有零零散散的路灯陪伴着挑灯夜战的两人,原本寂静的夜却被两人激烈的讨论所填满。在经过几个小时的严谨设计、计算和规划后,两人终于在开会前整理出了海水淡化装置位置的"最优解",并在讨论会上得到了通过。郭文涛心中的一块大石头总算落了地。

抱着"能省一滴是一滴"的想法,在寂静的夜中完成了节水小发明、找到节水"最优解"的,还有南海奋进号FPSO的工艺中级工陈义宇。

南海奋进号FPSO的LPG回收处理装置是在投产后才设计添加的,离生产区淡水公用站较远,在打扫卫生的时候要拉十数米的塑胶软管,导致水压严重偏低,打扫卫生时候需要花费更大量的淡水才能够冲洗干净。然而,若要进行管线改造又要花费不菲的改造费用。如何利用现有资源增大水压、减少水资源浪费成为陈义宇的一块心病。

于是,陈义宇利用夜班时间查阅资料,参考已经成型的高压水枪的理论，提出了对水枪枪头进行改造、接入工厂风加压的办法。连续几个晚上，陈义宇拿着一把把枪头又改又焊，东拼西接，成功完成了全船水枪枪头的改造。改造后的枪头接入了工厂风，将原本压力不够的水变成高压水雾状，清洗LPG区域不但变得高效快捷，而且冲洗一次所消耗水资源仅需原来的一半。同事们对新的枪头赞不绝口，将其命名为"义宇枪"。

除了抓改造、搞发明外，作业公司也没有放松节水文化的建设：下雨前冲洗甲板、消防环网连通造淡水的改造等。此外，定期举办的节水知识竞赛、节水演讲比赛等，无一不将"能省一滴是一滴"的节水理念根植人心。

特殊的"朋友"

梁 超

"快看,快看,是鲸鱼耶!"我满怀欣喜地拉着小张,指向着它们说道。

只见它们徜徉于大海,在离平台不远处,喷着水汽,摇摆着巨大的尾巴,仿佛在向我们打着招呼,萌萌可爱的样子很是惹人喜欢。

"这鲸鱼也太可爱了吧,这是我第一次见到鲸鱼。"我朝着小张兴奋地说道。

还记得初上平台时,师傅老王露出神秘的微笑,告诉我说,我们平台有一群特殊的"朋友"。特殊的"朋友"?我当时很不理解,朋友就是朋友,哪里来的特殊之说。一天下午,同事们发现了三条鲸鲨,喊我们过去看,看见这么可爱的鲨鱼顿时让大家爱心大发,大家纷纷呼喊着朝着它们挥手。

"看来是我们这环境太好了,连鲸鲨夫妇一家三口都来我们这里做客了。"同事小王打趣说道。

"你看,这就是我跟你说的特殊的'朋友'",师傅老王笑着对我说道。

原来所谓的特殊的"朋友"并不是我们常说的朋友，而是经常在我们平台停留的海洋生物。听老王讲，我们的朋友有很多，鲸鲨一家三口，还有一群海龟和水母，平台周围的三个鱼群，当然还有一群可爱的海豚。"不过她们比较害羞，不经常出现，我也仅仅见过一次而已，让我感觉很遗憾。"老王笑着说道。

自从有了这些"朋友"之后，我发现生活变得更加丰富多彩了，闲暇时间可以看看这些朋友相互嬉戏或者卖萌，看看海龟们如何成群结队路过平台，看看水母们五颜六色游过平台。当然，最可爱的还属我们的海豚团队，灵活的身姿，一跃接着一跃，很是有秩序的样子，经常会引起全平台人围观。随着时间的推移，我发现自己对这些"朋友"的感情越来越深，即便是偶尔，但只要看见他们我便会开心好久。有段时间，我很久都没有看见我们的"朋友"了，我问老王，我们是不是失去了这些"朋友"了？它们怎么都不再出现了。老王说："只要地球永远碧水蓝天，我们就永远不会失去这些朋友。"

是呀，只要地球保持"碧水，蓝天，绿色"，只要我们清洁生产，低碳环保，我们和它们就能够做一辈子朋友。

集思广益促分类

"李勃，检查一下底层甲板垃圾存放区域的各个垃圾桶是否存在垃圾混装现象。稍后，甲板班长会统一进行吊装垃圾集装箱清理，要确保责任区的垃圾分类存放。"7月1日，中海石油（中国）有限公司湛江分公司涠洲12-8W/6-12油田中控主操何达说。

今年年初，涠洲12-8W/6-12油田安全监督陈晶岩在巡检过程中发现平台存在垃圾分类混乱、垃圾清理不及时等问题，随即组织成立问题攻关小组对此类问题进行讨论，下决心开展垃圾分类及清理专项整改活动。

"建议把垃圾分类制度图表可视化，在作业现场张贴，以便油田员工及承包商对这一具体内容有更形象直观的理解。"

"垃圾清理一定要及时，否则，一个垃圾桶被装满后，大家不得不把垃圾丢进另外的垃圾桶，这个过程本身就很容易造成垃圾混装。"

"我们还可以对一些废弃物进行回收利用，比如有故障的控制阀，其中一些完好的配件还可以进行再利用。"

讨论会上，大家各抒己见。在集思广益的基础上，结合油田生产现状，相关的垃圾治理管理规定出台，要求甲板部门吊装垃圾集装箱，各部门统一进行垃圾清理工作。

此外，油田还结合"排查-分配-整改-反馈"的隐患治理模式，划分各部门垃圾存放责任区域，不定期进行现场安全监督和安全督导的抽查，一旦发现问题就会在相应的责任区域贴上红色标识，及时督促相关部门进行整改，让每层甲板垃圾存放区域都有部门负责和监管，从而推动垃圾分类及清理工作持续高效运行。

如今，半年过去了。油田现场此前存在的垃圾分类混乱等顽疾已在一定程度上得到改善。"今后，油田还会继续开展关于垃圾分类管理制度的学习讨论工作，同时定期举办垃圾分类管理知识讲座等活动，不断提高员工对于垃圾分类重要性的认识。"陈晶岩说。

造水记

虞 晨

日落时分,"中控、中控,有淡水出来啦!"听到对讲机里激动的声音,仪表主操陈学东拧了一天的眉头总算真正舒展开了。

日出时分,太阳才刚刚从海里爬起来的时候,陈学东就收到一个坏消息——平台海水淡化装置的预充压电动阀门坏了。这造淡装置运行不起来,一天可就少了240立方米淡水,下游用户还在"嗷嗷待哺"呢!所以陈学东一收到通知就立马带好工具叫上小兄弟张万朝共同奔赴现场。

检查电压,正常!

检查反馈,正常!

一圈常规检查下来没有发现问题,阀门怎么动不了呢?陈学东的眉头微微拧起。"这问题出在哪儿呢?"一旁的张万朝疑惑不解,"不急不急,咱再把端盖拆开仔细检查检查。"陈学东边说边将头更加凑近端盖里的控制板。

南海清晨的太阳亦是毒辣无比,陈学东的额头上已经布满了汗珠,但他似乎没有感觉到,只是一点点的检查着控制板。"找到了!这个电阻一端断裂了,咱把这个焊接回去应该就可以了。"陈学东微拧的眉头舒展开来。

焊接一次,失败!

焊接两次,失败!

"不行啊东哥,这个电阻断裂的接触面太小了,焊不上去啊!"张万朝在点焊失败十几次之后无奈说到。"我来试试。"陈学东接过焊枪尝试了几次,也以失败告终,本已舒展的眉头这次拧得又深了一点。陈学东仔细端详了一下断面说道:"咱把这个断面磨大一点再试试。"说罢,他拿起了小锉刀仔细地磨了起来。"再试试!"陈学东擦了一下满脸汗珠,将磨好断面的电阻递给张万朝。张万朝深吸一口气,左手捏住焊丝,右手握住焊枪,缓慢地将焊丝靠近电阻断面。"可以了,可以了!这次装回去再试试应该没问题了吧。"张万朝长呼一口气。看到焊接好的电阻,陈学东的眉头再次舒展。

充压一次,失败!

充压两次,失败!

"怎么还是不行啊!"张万朝都有些崩溃了。"这个小电机完全没反应,应该电机内部损坏,得更换电机了。"陈学东这次眉头都拧在了一起,因为他知道现在没有备件可以更换。"要不我们还是等备件来更换吧,反正拖轮上还有不少淡水。"张万朝无奈地说到。"不要着急,咱再想想办法。"陈学东心里其实也有些着急。

拖轮每次最多补给200立方米淡水，往返补给一次至少需要8天，单单钻井每天就需要50立方米淡水，更重要的是平台上百号人每天都要消耗不少淡水，所以淡水对于平台来说是极为重要又极为稀缺的资源，是平台的生命线。如果造淡装置运行起来，那么就会节约大量淡水资源，所以陈学东暗下决心今天一定要解决这个问题！

想到这里，陈学东飞奔回车间，找到海水淡化装置的流程图、电路图、逻辑图，仔细研究起来。不知不觉间太阳就要坠入海平面了，陈学东一次次地梳理着控制阀逻辑，思考着方案可行性。"原来如此！"陈学东一拍大腿"走，万朝，我们再去试一次！"

"万朝，我这边先手动打开阀门，系统启动120秒的时候，你把这个反馈信号手动合上，然后我这边手动关闭阀门"陈学东详细地给张万朝讲解着方案流程，"我们好好配合，这次应该没有问题！"

充压一次，失败！

充压两次，失败！

充压三次，成功！

二级膜预充压成功，增压泵运行正常，出口压力稳定！看到海水淡化装置成功运行，陈学东拧在一起的眉头现在才完全舒展。

夕阳慢慢从海平面消沉下去，而身后淡水罐的液位却在不断上升，陈学东搭着万朝的肩膀一边讲解着逻辑一边走向生活楼。

就是这些可爱的海油人，用汗水换回淡水，用责任和信念，为海洋石油节能增效贡献着自己。

携手描绘美丽"绿色工厂"

王　松

"看，那有一个厂区，想不到这鬼斧神工的5A级风景区旁，居然有一座天然气处理厂，真是不可思议。"来往大小洞天风景区的游客络绎不绝，纷纷感叹道这是怎么样一座绿色工厂。

打眼望去，虽然是一座工厂，但厂区设备干净、物料摆放整齐、无丁点油迹、火炬常年不见火苗，再加上生活区周边翠绿的树木、鲜艳的花朵、山坡上蜿蜒辗转的草坪，一点也不逊色于毗邻的5A级大小洞天风景区。

走进中海石油（中国）有限公司湛江分公司南山终端，这座投产20余年，迄今为止已向海南用户提供超过100亿立方米天然气的清洁能源，2018年被国家石油和化学工业联合会评为海油首座"绿色工厂"的天然气终端处理厂，你会被穿梭在厂区里身着各式颜色的海油人所震撼，他们当中有"爱巡检找碴"的监督，有"爱动脑筋"的技能专家，有"会过日子"的班组长，有"督促大家节能"的监督员，有"每天呵护打理花花草草"的绿化队，有一支"容不得跑冒滴漏"的操作团队……是他们共同创作了这座绿色工厂,他们让节能减排、清洁生产成为一种习惯和动力。

莹莹灯光

"小章你算算如果我们精准控制路灯的开关时间、每天缩短半小时不必要的照明时间,一年能节约多少电?你再算算现在 LED 灯这么普遍,我们每年将坏的灯逐渐改成 LED 灯,又可以节电多少度?"

这个是电气班组长朱华给小兄弟们开班组讨论会的情景,朱华喜欢较真,南山终端采用市电供电,他仔细研读供电合同,向供电局提出将一台变压器由热备用改为冷备用,每年可以节约电能 18000 度。每天关注电网功率补偿并调节到最佳,还得到供电局每月 2000 多元的奖励抵扣电费。

为球罐降温

"针对 LPG 球罐受太阳辐射影响罐内温度变化较大,我们可以尝试应用防辐射油漆",工艺主操陶亮在生产协调会中大胆提出。

事后才知陶亮每天专注于查找资料,分析计算用防辐射油漆替代传统防腐油漆的可行性,这种油漆在太阳强烈的辐射下起到反射太阳热能而产生隔热效果,它具有防锈、耐油、隔热保温的性能,从而减少因罐内温度变化导致 LPG 气化挥发。通过防辐射油漆的应用,每年减少气体排放 30 万立方米。

由于气田产能下降，凝析油量也骤减，如果 LPG 回收系统继续运行，不仅没有经济效益，而且会造成能源浪费，LPG 回收系统不得不关停封存，但是一定量的闪蒸气难道就白白放空吗？

"将节能环保理念内化于心"，习惯了节能环保的终端团队当然要说不，他们利用现有的管网、修复的压力控制阀门和管配件，零成本地将闪蒸气直接回收用于低压燃料气用户，每年减少天然气排放 80 万立方米。

节能监督

"220 房间没人空调未关闭，普通垃圾桶内有金属垃圾，某承包商使用淡水未及时关阀。"早班会节能监督直接点名道姓地提出一些日常不节能事件。

节能监督员每周都会全场无死角进行节能检查，并再早会上交流、跟踪整改。从现场施工用水用电到房间空调温度设置都要一一抽查。"谁能第一个找到消防水管网的漏点有奖励"，总监在早班会中说到。

有段时间消防管网频繁补压，但是好多管网埋地，很难发现漏点，那些日子总监、监督、操作员每天都"魔怔"了，成群结队巡检好像在"扫雷"。最终，漏点被操作员小张发现了，他经过几天的巡检排查，最后锁定球罐区一处地表湿润处。不光是关注漏水，操作员们对油气的跑冒滴漏非常敏感，小张也成了大家公认的查漏专家。

绿色行动

清晨，弥漫着花草的清香，远处就能听见割草机的轰隆声，全厂布满了绿化队的身影，有割草的、有浇水的、有收垃圾的、有修枝剪叶的，碧海蓝天下呈现出一幅农忙的情景。周边的小鸟也特别喜欢这里，一大早就开始歌唱，似乎在叫醒熟睡的我们该起床忙活了，它们时而成群结队地飞舞、时而歇在树梢，有的干脆在宿舍前的树梢上筑起了鸟巢与我们作伴，它们和我们一样也爱上了这座美丽的"绿色工厂"。

此外，南山终端每月组织两次"节能30分"活动让员工了解更多节能知识和环境保护的法律法规要求，经常开展竞赛答题、节能领跑游戏、节能运动会等节能环保活动，让原本枯燥乏味的填充式宣贯和课堂培训变得更加生动有趣。每年组织与"蓝丝带"环保协会联谊、定期清洁海滩，向社会传递环境保护的正能量；每年植树节种下几十棵树或许微不足道，却为这片土地留下"一抹绿"。

静哥

刘金涛

曾几何时，我还是一名懵懂的培训工。那时的我仰慕着大海的冷峻与和顺；仰慕着大海的辽阔与深奥；仰慕着大海的一帆风顺与波涛汹涌！大海以他独有的神韵吸引着我，召唤着我，使我的心身不由己地飞向她、朝拜她。有一天，终于，梦想实现了。现在，我就在这大海的怀抱里工作生活，日复一日，年复一年，用心去守候她的每一份激情。就在这蔚蓝深处，我遇到了"静哥"，一名普普通通的化验员。

"静哥好，我是中控部门新来的小刘，来化验室报到，跟你学习一段时间"一脸茫然的我来到化验室向化验员报到。"坐吧，忙完了先给你讲讲化验室的注意事项"，戴着化验防毒面具的静哥大声喊着，生怕我听不见。而手里把移液管反复抖了几下，一身明显老旧的工衣整洁而规矩，袖口衣领磨的略微泛白。"咦？静哥你这工衣上怎么写着'文昌'的字样？"我疑惑地问到。静哥慢慢摘下防毒面具，温和地说道："昂，你说这几个字啊，我以前是文昌作业区的，来咱们平台顺便带来了，这字是油性笔写的，洗不掉了。""我的天，静哥不是来合作油田已经好多年了嘛，以前的工衣居然穿到了现在，这是如何做到的？"我心里嘀咕着。

晚上下班后，我去找静哥请教化验的几个问题。推开门，静哥背对着门口，腰背笔直地坐在电脑桌前，手里来回地拉扯着什么。"静哥，忙啥呢，我想问一下那个移液管用完为什么要反复抖几下？"我一边往屋里走，一边向静哥问到。静哥恍然地转过身来，"老天，你吓我一跳！"。只见静哥左手握着那件老旧的工衣，右手捏着一根穿线的针。"你居然在缝衣服？咱们油田不是每年都有工衣发放，领件新的不就行嘛。"我一脸的鄙夷。"这缝缝不还能穿嘛，干吗那么浪费，缝缝补补又三年啊。"静哥突然变得严肃起来。我的脸唰地一热。"你个小笨蛋，那个滴定管里面会残留药剂，抖几下把它滴回到瓶子里啊"，静哥揶揄道，眼睛眯成一条线。后来的我内心久久不能平静，但也终于明白了那件泛白的工衣是如何沿用到现在。

几年后，静哥因工作调动，要去其他油田，大家纷纷前来送别，计控师手捧着一件新的工衣递给静哥，上面还写了"留念"的字样，而静哥依然身着那件泛白的工衣，步履轻快而矫健，走向通往远处的栈桥，而那个背影似乎在告诉我"这件工衣，我还要穿三年"。

就是这名普普通通的化验员，做着并不普通的事，用他的细小行动，向他的小徒弟诠释着绿色低碳无小事。静哥，在碧海蓝天处，演绎了一场绿色的交响曲,没有轰轰烈烈的掌声,也没有绚丽多彩的烟花,他却在这海洋深处盛开得如此朴素而绚烂,并在我内心深处埋下了最坚实的种子。

时常想起静哥,眼前浮现他那泛白的蓝色工衣,比大海更加蓝得耀眼。

师徒寻宝

张先喆

立秋已过,南中国海上却没有一丝凉意。

下午 5 时,烈日的余威尚未消退,乐东 15-1 气田甲板班长陈伟宁和徒弟启盛二人抬着人字梯来到了垃圾箱旁。

"启盛,帮我扶着梯子。"徒弟启盛赶忙跑上前去帮师傅扶稳梯子。

陈伟宁迅速穿好了劳保防护用品,手里拿着自制的铁钩,翻身一跃,跳进垃圾箱内。

"师傅,什么宝贝掉到垃圾箱里了,我帮你找?"启盛刚入职没多久,师傅的举动让他摸不着头脑。

陈伟宁并没急着回话,只见他手里的铁钩子上下翻腾着。不一会儿,他就从垃圾箱里勾出了两个废弃油漆桶和一堆油抹布。

这些危险废弃物被人误扔到存放普通废弃物的垃圾箱内。虽然气田现场多次强调垃圾分类存放的问题,但员工"随手扔"的老毛病还未能完全改过来。

"费了半天劲,这就是你要找的宝贝?"启盛瞧见师傅后背湿透的工衣,不解地问到。

陈伟宁摘下口罩,擦了一把脸上的汗,故作神秘地说:"这些还真是宝贝。"

见启盛困惑不解,陈伟宁继续解释道:"油桶和油抹布都是危险废弃物,如果跟普通垃圾混装到一起,容易造成垃圾的二次污染。将混装垃圾送回基地,整箱垃圾都可能会被认定为危险废弃物。"

"危险废弃物的处理费用是普通垃圾的十倍,这么一箱垃圾要多少钱,你算算。"陈伟宁耐心地给徒弟算了一笔经济账。

"这么算下来,这废桶岂不变成了金桶。"启盛没有想到垃圾混装会带来这么大的浪费。

"不仅仅是钱的问题,混装垃圾处理难度大,需要消耗更多的能源,增加对环境的排放,与我们的生产理念不符。"

"我知道,除了油气我们什么都不带走,除了绿色我们什么都不留下。"启盛想起生产区张贴的绿色生产标语,随口答道。

"答对,得分。"师徒二人开心地笑了起来。

"启盛,下层甲板的两个箱也准备送回基地了,咱们去看看。"

"师傅,这次让我也试试,看能不能寻到宝贝。"夕阳下,师徒二人肩并着肩,向下层甲板走去。

废旧雨刮杆"再就业"

姜子龙

"加明，破乳剂还要多久加注完？"湛江分公司文昌 13-1 平台中级操作工柳天健问道。"快了，大概还要 1 个小时。"听到回答，柳天健眉头紧锁。

破乳剂是平台每天用于油水分离的必需品，且每两周就要往储集罐内加注 1 次。按目前的加注方式，每次加注总会有少许药剂残留在药剂桶内造成浪费，另外药剂加注管线过于松软，要么在化学药剂桶里漂浮缠绕，要么就被吸在桶底导致加注中断，如此费时费力，问题亟待解决。

"有办法了！"柳天健在药剂桶旁低头转了几圈后转身就往垃圾箱方向跑去。原来昨天被扔掉的废旧雨刮杆引起了他的注意。雨刮杆是铝制中空的，尺寸、长度和目前的药剂加注管线非常吻合。柳天健三下五除二，割掉扎进桶内的药剂软管，用卡箍把雨刮杆和剩余管线合二为一。

"来，试试效果！"董加明立刻把雨刮杆塞进药剂桶并接通气源，只见药剂源源不断地被气动泵吸出来，不一会就加完一桶。由于雨刮杆的自身硬度再加上放进桶内自然产生的倾斜度，轻松解决了管线漂浮缠绕和管线吸底的问题。

有了新"武器"，董加明依旧很忙活。这次不是忙着调整漂浮缠绕的管线而是忙着换化学药剂桶。废旧雨刮杆的"再就业"使破乳剂加注作业事半功倍而且不会造成药剂浪费，一举两得。

第四章 盎然·绿色美丽油田

"明日之城"绽放节能之花

陈柏寅

海底蜿蜒的管道
流淌着二十个春晖
大地和天空,欢声和金风
南海镶嵌了金星
旗帜把红云翻涌
风,撒着欢儿跑
雨,在风里飘
心,跳跃着同一个节拍
爱,就在这里开出了花

今天的崖城儿女
最懂得在母亲的生日
怎样庆贺,看——
一双双健肌凸起的臂膀

去扛起节能增效的大旗
一个个冥思苦想的夜晚
去发掘绿色低碳的潜力
用血肉、用理想、用信念
为崭新的征程奠基

崖城气田
崛起吞吐山河的气魄
改革巨浪中
点燃满腔热血的蓬勃
我们的"明日之城"
在群星荟萃的世界
插上腾飞的翅膀
孕育节能之花
在你闪光的钢铁躯体上绽放!

绿色意识缀绿新南山

王靖宇

坐落在三亚南山景区南侧的南山终端，是一座投产二十余年的石油天然气综合处理厂，主要生产合格的天然气供下游海南用户使用。行业特性使整座终端披上了浓郁的工业外衣，但当你真正走进终端的时候，却会被厂区干净的道路、有序的管线、整洁的工廊以及生活区内青翠的绿植深深吸引，恍若置身于一座美丽的花园之中。

为从根本上杜绝生产过程中可能带来的环境污染，南山终端在遵循日常生产作业规章程序的同时，大力推进绿色低碳意识的宣传普及，时刻提醒厂区员工提高对水、电、油、气等能源物质的关注，升华厂内工作人员的绿色生产意识，从生活和生产同时出发，将绿色低碳理念践行在终端的方方面面。

"这个月度的中水产量又创新高了，我们可以省下更多的浇花淡水啦！"终端工艺员小张在月度生产数据统计时兴奋地说道。三亚地区终年高温，厂区每年的绿化浇灌用水需求量很大。为减少淡水消耗，南山终端积极开展生活污水再利用的工程改造，新建中水处理系统作为终端生活污水收集利用的主要装置,投用 5 年来已累计生产绿化浇灌用水 1 万余吨。在实现生活污水零排放污染的同时,大大降低了厂区每年的淡水消耗总量,实现了绿色环保与经济效益齐飞。终端员工通过每日定期巡检产水泵运转状况,每周清洗维护膜池过滤膜,每月按时提取水样质检分析,用心呵护这套"环保节水神器"的高效运行。

"下午生活区卫生检查,发现 15 号房间空调未关闭,我已经给关了。"周安全会上安全监督许工严肃地说道。为节约用电,终端在每周定期巡查房屋卫生的同时,还积极在每个房间桌案张贴好"节约用电,低碳环保"的绿色文字标语,提醒大家养成良好的节电意识。每月定期开展的"节能 30 分"宣贯活动上,节能监督员也会向大家分享"空调温度合理设置""离房时多孔插排开关断电""可调节光线书桌灯部分代替大吸顶灯"等多样的省电妙招,号召大家从日常生活的点滴做起,养成良好的用电习惯。

"黑色环保袋都发到手了吧?走,一起寻宝去!"机械员小吴高兴地号召道。得益于三亚蓝丝带协会每年协同厂区进行周边沙滩清洁活动的启发,南山终端每月都会定期开展"生产区大寻宝"活动,动员广大员工参与到生产区垃圾清理及"跑冒滴漏"隐患的查找中,确保核心设备区域生产的高效清洁。参与员工会将巡检区域细化到每一个生产设备撬块,搜集遗落在地的锈铁丝、废纸屑、空塑料瓶等杂物,及时汇集到垃圾存放区进行处理,让生产区每一片区域都清洁如初。"寻宝"的过程中，因为生产区垃圾类别较多，一些同事甚至会为不同种垃圾的最佳存放位置而细致探讨，真正做到垃圾分类存放。

  细心观察终端生活的日常，相信这样的绿色行为还有很多很多。良好的质量健康安全环保制度保证着终端清洁生产有章可循，细节的环保意识则引导着南山员工更好地践行绿色低碳的生产理念。在终端的每个角落都行走着一群人，他们主动监督火炬气燃烧不产生黑烟，主动存放油污垃圾到限定区域，主动捡拾起地上遗落的碎纸屑，主动关严还在滴水的水龙头，主动关闭下班还在待机的电脑……无数的举手之劳，无数的小处出发，促使着每位员工从"要我环保"到"我要环保""我爱环保"角色的转变，将绿色意识缀于自己的心间，从思想深处为终端全面迈向"绿色工厂"提供更强大的源动力。

崖城13-1气田实施一系列覆盖全员的节能降耗专项活动，持续推进节能精细化管理，打造绿色气田，把员工的节能意识贯穿至生产经营的各环节。

崖城脚印步步节能

刘建波

当前，在中海石油（中国）有限公司湛江分公司崖城13-1气田，新投产的气田接入项目正在推进中。每天早上，生产监督陈炽彬都会前往中央控制室，与值班的工艺主操就下一步即将开展的试生产工作进行深入探讨。在他看来，项目的每个环节都好比一块湿毛巾，但凡努力，就有可能"拧"出其中蕴藏的节能潜力。

项目成立之初，崖城13-1气田根据经验和生产工况，巧用计划关停等时间窗口，分别提前对压缩机性能和阀门状况等指标进行监控测试，以便尽量减少额外的天然气排空损耗。在气密试验及管线吹扫环节，项目组以天然气作为气源，对之进行循环利用，实现天然气排空零损耗。

除项目开发之外，在现场生产的各环节，气田团队同样做到"方吨必争"。对此，操作员王坤深有体会。尽管入职不满两年，但他清晰记得操作射流器的每个步骤及其意义。从以前的单井射流到现在的多井射流，利用射流减少低效生产井复产的天然气排放量，每年可节约将近1140吨标准煤。"为有效解决由后期的段塞流等现象带来的不良影响，我们特意指派专人值守在阀门前面，以便及时介入生产调整，把原本计划放空的气体一点点地收集至系统里，以便循环利用。"王坤说。

自今年起，崖城13-1气田实施一系列覆盖全员的节能降耗专项活动。由于部分设备设施已在潮湿高盐的海洋环境中运行二十余年，严密防治各种"跑冒滴漏"现象十分必要。对此，防"跑冒滴漏"专员洪波用实际行动落实气田的节能降耗理念。一次，正值夜班的他在巡检时发现过道旁有几滴油花。"有漏点！"于是，他奔走于上下层甲板间，在管道密林里穿梭，手持电筒、匍匐在地，最终在夹层中的一段穿越甲板的管子处找到漏点。在担任防"跑冒滴漏"专员的半年内，洪波发现了数十处"跑冒滴漏"点，即时整改率达95%，并多次为气田提出有效的节能建议。

能源有限，节能无限。崖城13-1气田持续推进节能精细化管理，并在近半年来不断推进"月度节能之星""节能光荣榜"等特色评选活动，累计收到"节能建议卡"300余张，激励员工在技术节能和管理节能方面做到双管齐下，把节能意识贯穿至生产经营的各环节，员工的责任感和主人翁精神得到了进一步激发。

入选国家级"绿色工厂"是东方作业公司秉持绿色高效发展的成果。今后,东方作业公司将在继续建设"绿色工厂"的基础上,大力推进气田终端绿色低碳智能化建设,推动公司高质量发展。

莺歌海上的"花园"

邓 聪

地处莺歌海域的东方终端,坐落在海南省东方市石化区。厂区紧邻海滩,走入其中,一派绿树成荫、鸟语花香,让人很难将眼前的景象与工厂这个词联系在一起。

东方作业公司属地涉及国家三级海域和海南岛陆地,拥有三个海上气田和一个陆地处理终端,每年可向海南省输送天然气近40亿立方米。这些来自海洋深处的清洁能源登岛后化身为化工产品、电力、燃气。

东方作业公司生产经理张国欣是"绿色工厂"建设项目责任人之一。

"以作业公司为整体创建国家级绿色工厂的考核标准十分严格,挑战也很大。"张国欣说,"不过,这也恰好能证明我们能够在绿色生产上做得更出色。"

项目启动之时，张国欣和同事们接到的第一项任务就是制订一套完整的"创绿"方案。张国欣和"创绿"工作小组的同事们充分研究考核标准，结合气田终端现有的措施与条件，编制完成了《绿色工厂建设方案》和《绿色工厂规定》。

除了自己努力，我们还要向优秀的同行学习。东方作业公司对标大庆油田等行业标杆，形成《东方作业公司生产设施能效对标报告》。在气田开展"绿色工厂"建设"金点子"收集、节能讲座、"蓝丝带沙滩清洁活动"，提高员工节能环保意识。

东方 1-1 气田作为目前中国产量最大的自营气田，自投产后，已连续 17 年高效稳定绿色生产。"绿色理念、创新技术、优化流程、高效生产是气田长期实现绿色发展的秘诀。"东方 1-1 气田生产监督曾继斌说。由他主导的增加除砂设备项目，是公司推进绿色发展的代表项目之一。

面对两口出砂严重的生产井，曾继斌和生产班组经反复验证，提出安装新型高效旋流式地面除砂设备的改造模式，解决了气井除砂问题，使低产井重焕生机，年增产天然气千万立方米。

肩负着接收、处理天然气并且转输给用户的重任，拥有大量高能耗设备和复杂的生产处理装置，东方作业公司如何在保证高效生产的前提下创建花园式厂区？

"关键在于坚持共享绿色发展理念，挖掘节能潜能。"东方作业公司东方终端总监付生洪说。为此，东方作业公司与中海石油化学股份有限公司（中海化学）联合开发了"共享蒸汽"项目，将中海化学富余的蒸汽"请"入脱碳系统，进行资源共享，节约电能114万千瓦时，同时关停7座小锅炉，减少二氧化碳排放5.4万吨，相当于植树11.6万棵。

"入选国家级绿色工厂是东方作业公司秉持绿色高效发展的成果"，东方作业公司总经理唐广荣说，"我们将在绿色工厂建设的基础上，继续大力推进气田终端绿色低碳智能化建设，推动公司高质量发展。"

一滴水的奇幻之旅

孙志文

"啊呜,早上好呀。"我伸了个懒腰,朝着身边的兄弟姐妹打了个招呼。我是一滴水,生活在地底已经不知道多少年了,听大地母亲说,我们的头顶就是浩渺无边的大海,那里是所有水的故乡。所以我定下了一个目标,我要去大海看看。

然而,我并不知道怎么去。

算啦算啦,还是去找隔壁的天然气妹妹玩捉迷藏吧。据说她还是我们的表亲来着,也不知道怎么论上的亲戚。

"天然气妹妹,我来找你玩啦!"我敲着门,但并没有得到回应。不对劲,我使劲撞开了并不严实的大门,只见天然气妹妹家里一片狼藉,往日害羞的天然气妹妹也不见了踪影,只有房顶上一个破损的大洞在释放着恐怖的吸力。"救命……"来不及求救,我便被吸了进去。

一阵天旋地转我成功失去了意识。

"边水哥哥,醒醒。"迷迷糊糊中,我感觉有人在叫我,"好熟悉的声音",我吃力地睁开眼睛,"天然气妹妹,是你!"找到了天然气妹妹,我松了一口气,但周围陌生的环境让我重新提起心来。"这里是哪儿?""听外面的声音说,好像叫什么生产分离器。"生产分离器?这是什么地方?我揉了揉眉头一无所获。

"边水哥哥,救命!"突然,天然气妹妹不由自主向着上方的一个黑洞飘去。"又是这该死的黑洞!"我紧紧拉着她的手,但并没有什么用,洞口前的方形盒子似乎有着魔力,强行将我们分开。很快我便来不及思考方形盒子的问题,因为我也被生产分离器底部的洞口吞没了。

"王工,开排罐的污水含油量还是稍高啊。"等我再次睁开眼睛,只见两个戴着白口罩的大块头用着奇奇怪怪的仪器在我身上测来测去,我知道,他们是在找我怀里藏着的叫做"油"的小家伙。"不行,污水不达标就不能排海,我们继续想办法!"年龄偏大的大块头皱着眉头,"先把废水倒进废液桶里。"海?我似乎听到了大块头在说海,但来不及细听,我待的瓶子便被小年轻拿起,走向了一个黑色的大桶。"不要啊,我不要进去!"我惊恐万分。老天似乎听到了我的祈求,千钧一发,我被滴落在地板上。

"呼"我舒了口气,差点又要开始暗无天日的日子了。让我庆幸的是,两个大块头都没有发现我这颗遗落的小水滴。随着温度越来越高,我开始昏昏欲睡。当我再次醒来时,我发现,世界变了。

我竟然变成了水蒸气!原来我们水也是有气态的呀,变成水蒸气后就自由多了，我整日游荡在这处囚禁我的地方，如饥似渴地偷听着我不知道的知识。时间一天天过去，我懂得了很多。原来那些大块头叫做"人"，这里叫做"东方1-1平台"，分开我和天然气妹妹的方盒子也并没有什么魔力，只是因为它叫"捕雾器"。这期间，我发现了大海，我欣喜若狂地投向她的怀抱，但无论如何也融入不了。大海告诉我，要等我重新变成水。

重新变成水？我不会啊！

"呀，好冷！"心事重重的我并没有注意前方，一头撞上了被人称为"空调冷凝器"的东西。我打了个哆嗦，想赶紧离开这里，却发现我又变成水了。这下子可以融入大海了，可我怎么离开这里呀！

"平台空调那么多，冷凝水不能就这样直接排放，太浪费了。我们做个收集装置收集起来，用来冲洗甲板。"正当我手足无措时，空调底下走过两个人，听到他俩的谈话，我又重新燃起了希望。

很快，他们的冷凝水收集装置做好了，我如愿离开了空调进入收集器，开始等待被释放的日子。

没让我等太久，第二天就是他们的6S现场整理工作，我从公用站被释放出来，没等我观察周围环境，便被一把扫把推进了地漏里。

经过一番七拐八折的管线，我发现我又回到了开排罐。不会又要被拉出去检测吧，我心里直打鼓。这时，罐体外传来小年轻的声音，"王工，这次开排罐的水样含油只有25毫克/升，达到了国家二级海域污水排放标准，可以排海。"

咦，上次不还是不行来着，这次怎么就可以了。身边的水兄弟似乎看出了我的不解，解释道："他们在闭排罐出口加装了生产污水处理装置，我们首先要经过污水处理，和油分开，才能进入开排罐。""我说这次怎么没见到'油'这个小兄弟呢。"我点了点头。

"准备了，我们要被排海了。"

"什么，大海？"没等我问清楚，又是一阵天旋地转，等我再次醒来的时候，我已经躺在大海的怀抱里了。

以后的日子，我总是舍不得离开"东方1-1平台"，时而变成水蒸气被冷凝收集，时而进入污水处理装置与油兄弟道个分别，时而进入取样瓶看着小年轻忙忙碌碌……至于天然气妹妹，已经"嫁"到了琼岛，倒是她的两个"孩子"CO_2和H_2O时常来看望我。

富余蒸汽用起来

杨 硕

"使用来自中海化学反向供应的富余蒸汽，终端整个处理系统的综合能耗实现大幅下降。"谈起区域一体化生产带来的好处，中海石油（中国）有限公司湛江分公司东方终端总监付生洪难掩欣慰。

东方终端既是东方气田和乐东气田的登陆终点，又是洋浦电厂等燃气需求方的上游起点。为确保外输的天然气品质，严格控制产品中的二氧化碳含量，东方终端陆续建成三套天然气脱碳装置，若要维持这些脱碳装置的持续稳定运转，则需要源源不断的热力资源。原有的8台蒸汽锅炉逐渐步入"老龄化"阶段，且功率小、能效低，难以面对环保标准和新增气量带来的挑战。

在东方终端针对脱碳系统改造进行的初期技术研讨中，"维持原有生产模式，换型大功率锅炉"的方案引起讨论。以新换旧固然相对简单易行，但在东方终端生产监督郑成明看来，对于终端生产长期成本控制来说，这样的改造方案是治标不治本的。

"化肥厂每天放空的低压蒸汽，在压力和温度等基本参数上大致与终端蒸汽系统相当,可否以此作为一个突破口?"在与毗邻终端的中海化学处理厂进行交流之后,郑成明有了这一想法。

"把化肥厂用不完的低压蒸汽'请'进终端,用来替代老旧锅炉,蒸汽冷凝后的脱盐水又能作为工业原料返回中海化学,兼具经济价值和环保效益。"在后续开展的交流讨论会上,郑成明进一步阐述了自己的思路,这一资源共享的想法得到了大家的一致认可。

从年初起,湛江分公司结合东方终端下游甲醇厂的蒸汽富余情况,与中海化学就外购蒸汽事宜展开合作磋商。双方技术团队在充分论证合作项目的效益和可行性后,共同推进改造施工方案。

在各方的全力配合下,东方终端蒸汽项目施工于次年 2 月结束,来自中海化学甲醇厂的富余蒸汽也在当月通过优化后的东方终端蒸汽网络,注入脱碳装置中。自此,东方终端日燃气消耗总量减少 7.56 万立方米。依托蒸汽共享改造项目,东方终端全年节约电能超过 114 万千瓦时,二氧化碳减排量超 5 万吨,天然气外输增加到 37 亿标准立方米。

"对共享的思维和绿色发展的坚持成就了东方终端经济效益与环境效益的双丰收。"付生洪说,"燃气和蒸汽双向供应网络的建成有利于上下游不同企业间的优势互补,为实现绿色低碳发展贡献更多的力量。"

蓝天碧海就是金湾银海

张伟宁　陈英

文昌 9-2/9-3/10-3 气田依托文昌油田群现有装置生产，将平台产液输送至 FPSO（浮式生产储卸油装置）处理，实现生产污水零排放和增产不增污的目标。

自中心平台浮托安装完成至今，通过节能设备和环保措施，气田减少柴油消耗 331 吨，回收低压天然气超 300 万立方米，节约用电 824 万千瓦时，累计减少碳排放 6692 吨，相当于 275 亩（约 18 公顷）森林 1 年的碳处理量。

文昌 9-2/9-3/10-3 气田为当地生态环境的保护提交了亮眼的成绩单，这得益于气田在设计初期就采用节能环保的方案，实行最严格的生态环境保护制度，做到像对待生命一样对待生态环境。

从天空"捕"回天然气

海上平台在天然气开采处理中伴生大量凝析油，凝析油稳定处理过程中会产生低压闪蒸天然气。过去，气田直接将其排放到火炬中放空。"如果将这部分低压闪蒸天然气回收并进行利用,不仅能够提高气田的直接效益,而且减少火炬放空,有利于环境保护。"文昌9-2/9-3/10-3气田总监杨涛说。

说干就干。文昌气田设计了一套低压天然气回收压缩机组,针对低压闪蒸气压力低、重组分含量高的特点,回收压缩机组通过逐级增压将低压闪蒸天然气增压,并输送至工艺处理系统,处理为合格的商品气用于平台发电。

合理回收利用放空气不仅减少了污染,每年还"捕"回经济效益达1400万元,节能增效双丰收。

不让钻井液"逃之夭夭"

钻井液是钻井作业的"血液",贯穿于海上平台的钻井全过程,它在润滑、冷却和支持井壁方面功不可没。由于钻井液常含有原油、柴油和各种油类以及大量的化学处理剂,如果将其排放到大海中,对周围的水生生物将造成极大的伤害。对此,文昌9-2/9-3/10-3气田生产方和钻井方加强对钻井液的处理和回收,对处理和回收设备开展设备特护,进行实时监控和分析,定期组织联合检查,确保设备维保到位,提升钻井液处理效果。

钻井完毕后,气田积极追踪钻井液动向,不让钻井液"逃之夭夭"。待钻井液处理合格后,岩屑会按要求达标排放,钻井液实现100%回收循环再利用,回收后的钻井液将在下一口井继续使用,直到它的作用发挥到极致。"使命"完成后，钻井液被拖轮运回陆地处理。在钻井液的生命周期中，气田严控环境风险，消除环保隐患，真正做到不让一滴油污入海。

不以环保小而不为

环保措施的落实到位也离不开气田员工入心入脑的环保理念。文昌 9-2/9-3/10-3 气田积极开展节能环保活动和培训，培养员工的环保意识。

每年的"学雷锋日"，气田都会组织员工到珠海文楼山公园捡拾垃圾、清理废弃物，用行动传播公益环保理念，让雷锋精神和低碳环保在公园里刮起"蔚蓝之风"。

除此之外，文昌 9-2/9-3/10-3 气田将环保活动的举办常态化，开展"节能有我，绿色共享"系列活动，开展节能宣誓签名、节能视频拍摄等有声有色的活动，倡导大家节约能源从自己做起，为打造"绿色气田"贡献点滴力量。

结合时下热门节目，文昌气田举行了"一站到底""最强大脑"等节能知识竞赛和游戏。竞赛模式激发了员工的兴趣，以赛代练、以赛促学，节能低碳理念潜移默化地扎根于员工脑海中。

气田还鼓励员工从身边小事中发现节能金点子，去年共收到金点子 50 余项，大部分已开展落实，其中仅借海管反送气调试关键设备和优化供电模式两项就减少天然气排放 60 万立方米，降低柴油消耗约 150 立方米。

不积跬步，无以至千里；不积小流，无以成江海。气田员工从点滴小事中看到了积累的力量，坚定了"不以不环保小而为之，不以环保小而不为"的理念。

文昌气田群矗立在一望无际的南海上，平台周围常有海豚游弋造访，杨涛眺望着大海，意味深长地说："其实保护蓝天碧海的同时就是建设金湾银海。"

集众智,创节能
——文昌油田群作业公司多项新举措齐发力

李 治　郭俊峰

爱我油田,身有担当。节能兴,上善流芳。绿色低碳,生存希望。降本增效,革新忙,路宽广。

心系工作,技能见长。最欣然,成果辉煌。质量效益,责任无双。企业发展,海无疆,巨龙翔。

这首重新填词的《行香子》出自文昌油田群"才子"郭俊峰之手,音节流美的词牌,贴合生产的内容,鲜明地反映了文昌油田群作业公司(下称作业公司)在践行"绿色低碳"理念的过程中主动担当、勇于革新的精神面貌。

在油气生产的全过程中,作业公司始终坚持将节能低碳作为一项长期工作来抓,号召全体员工,从拓宽思路、提升技术、加强管理三个方面持续发力,在恢宏的中国海南油气资源开发史上,谱写出一篇绿色发展之歌。

思路创新，与时俱进

"把路走对，把路走宽，把路走好"，作业公司始终坚持这几项原则，在各项工作开展中鼓励员工打破壁垒、拓宽思路、敢于创新，自节能创意征集制度形成以来，员工提出大大小小的节能建议及金点子数百条，节能板报、节能宣传画、节能征文等作品百余件。

为了适应新时代自主学习网络化、平台化的趋势，有员工提出构建油田节能微信公众号的设想，利用"互联网+"思维更好地实现海班及海休员工共享节能知识，即使不在海休期间也能切身感受油田的节能文化氛围。微信平台的构建，让员工的"奇思妙招"有了畅通的交流渠道，让很多行之有效的节能措施得到了更为广泛的分享，极大地提升了员工参与节能低碳工作的意识，仅在今年的节能宣传周活动期间，微信平台就收集了近百条"节能金点子"。

"维保大于维修"，这是现场员工提得最多的一句话，那么如何有效地提升油田现场对能耗设备的日常维保水平呢？作业公司秉持思路创新的原则，打出了"能耗设备管家"这一记"重拳"，重点聚焦油田关键能耗设备的参数收集、指标细化、责任落实。将集成了能耗设备详细参数和能耗指标的"能耗管理卡"张贴到现场设备上，并指定特护人员仔细对标、精心呵护，为能耗设备"一对一"聘请专属管家。

技术创新，变废为宝

通过技术创新来"求生存，谋发展"是当前低油价大环境下，油田全体员工的共识。自作业公司第一届党员创新创效活动圆满开展以来，技术创新俨然成为油田的一股"新风尚"，逐渐拓宽至"大众创新，全员创效"。活动以来，共计48项创新改造技术，其中29项成功应用，10余项正在积极推进。

"哔……，泵舱一人进舱""嘀……，泵舱一人出舱"，泵舱进出人员自动监测仪成功运行；"嘀……，中控地板下空调积水报警"，中控地板巡检盲区隐患问题成功解决。这一项项自主创新成果，在现场得到了良好的应用，更难能可贵的是，这些成果的材料都源于"工程余料库"。现场员工们一直相信"垃圾只是放错了地方的资源"，所以油田现场淘汰下来"废旧品"、工程剩下来的"边角料"绝对不会轻易地作为垃圾处理掉，而是经过反复挑选，把一切可能有再利用价值的余料归入"工程余料库"。

"节能就要从挤了又挤的海绵里再弄出水来，没有新方法是办不到的。"油田群党支部书记说到，"节能、节约不仅需要多下力气，还要多花心思，多想路子"。技术创新，生发于匠心，效用于现场，正是员工们勤于动脑、匠心独运，才让"工程余料库"里的废旧品重获新生，让边角料物尽其用。

管理创新，节能增效

思路打开了，技术创新了，如何让节能低碳工作对油田提质增效的促进作用形成长效机制呢？作业公司在节能管理上，始终遵循三个结合，即节能管理与生产管理相结合、节能管理与降本增效相结合、节能考核与个人及班组考核相结合，坚持"源头控制、存量挖潜、体系运行"的节能管理方针。

稳步推进节能工作的开展与"质量效益年"工作并轨，以节能低碳为突破口，促进高质量发展。实施全面的能耗监控，主动对标，严格控制生成全过程的能源消耗；以节能义务员牵头，节能微信小组为媒介，加大体系宣贯，推进节能活动深入开展；坚持创新驱动，采用能效水平领先的新工艺、新设备，实现"本质节能"；开展能效评估、能源审计，大力推行节能措施，让节能工作"见效益"。

在节能增效的实践中发动员工，依靠员工，深挖现场节能潜力。让员工有热情、高技能、能创新、敢担当，主动投身到节能增效的工作中去，努力实现着企业与个人双赢。

波澜壮阔的南海蕴藏着丰富的油气资源，如何在开发资源的过

程中保护好碧海蓝天，这是作业公司面临的艰巨挑战，答案正如词中所写到的："节能兴，上善流芳"。为此，文昌油田群的每一名员工将继续集众智，创节能，实现"企业发展，海无疆，巨龙翔"的美丽梦想！

第五章 春晖·我的绿色心路

遇见你，在最美的年纪

柏 泽

我不知道你在哪里
但是，我却知道
你在祖国的怀抱里
时刻铭记
山河如此的壮丽

山峦为你而矗立
显得如此的翠绿
浪花为你而高歌
曲调如此的欢愉

你说
从不敢忘记
站在海浪之巅

钢铁脊梁之上

吟咏山河

梦耀南海

我看见

阳光下金色的梦想

显得如此的湛蓝

折射着青春的事业

无限年华

牧海

碧海蓝波之间

倾听海鸥幽鸣

应和着

浪花的节拍

清水绕台

鱼翔浅底

沧海碧透

万类竞自由

繁星平野

遥望万家灯火

大美蓝疆

绿水青山环绕

遇见你,在最美的年纪

初心的守望

在南海之上

和谐万里江波

绿色油魂共筑

建设美丽中国

鸟"看"终端

张 鑫

一阵叽喳的鸟鸣声将正在查阅乌石终端设计图纸的我吸引到了窗前。透过玻璃窗看着外面一群群正在阳光下舞动的"精灵",我仿佛又回到了那"鸟影重重"的涠洲终端。六年前,满怀能源报国豪情的我加入了中海油大家庭,从象牙塔来到祖国南疆便扎根在油气生产的一线——涠西南油田群的心脏——涠洲终端。终端所在的涠洲岛作为广西最大的鸟类自然保护区,岛上鸟类有数十种,每到候鸟迁徙的季节,更是会有上百种鸟类将涠洲岛作为从印尼迁往西沙群岛、印支半岛中途的重要"驿站",至此休憩。也正是这个原因,各种鸟类悠闲自在的身影就成为涠洲终端厂内的一道独特风景。

每当旭日东升,暖暖的阳光逐渐铺满整个终端,一群全身裹黑、啼鸣声独特而引人注意的"精灵"扑棱着翅膀"大摇大摆"地在终端厂内来回穿梭,时而在草丛间觅食、时而在树梢上站立、时而在空中盘旋,最终汇聚在一起迎着旭日飞去。它们似乎已经把这里已当成了树林之外的另一个"家"。这些"精灵"对于常驻涠洲岛的工作人员而言并不陌生，它们正是涠洲岛特有动物之一——野生八哥鸟。

平日里在绿地交错的厂区放眼望去，树枝头、电杆上、设备旁，随处可见到八哥们成群结队的黑色身影。终端最北面的雨水回收池边，它们经常在此结伴戏水，把终端雨水回收池当作了娱乐消暑的水泊。而在另一头，终端南面自建的果园则成为它们迷藏嬉戏的游乐场。它们一边追逐，一边鸣叫着呼朋引伴，让终端果园内充满了鸟语花香。

刚参加工作的时候，大多数八哥鸟还只敢在生产区外徘徊，可是自从两年前终端开始进行挥发性气体专项治理后，厂区里再也闻不到半点油气味，终端生产区内鸟儿们也逐渐频繁"光顾"起来，这才有了我与"小黑"的不期而遇。

那日下午刚下过小雨，我和同事例行巡检至原油储罐区刚建好的挥发性气体回收管线旁。突然一阵急促的啼鸣声在身边响起，听到这熟悉的声音我立马对同事说："是八哥鸟，快找找！"我俩沿着管线仔细寻找，终于在管线的拐角处发现一只八哥幼鸟，它蜷成一团，羽毛已被雨水沁湿。看到我们，它眼睛在滴溜溜地打转，似乎想说点什么。因为平时八哥警惕性较高，每当有人接近时就会快速地离开，这次见到只不怕人的八哥，能够让我们细细"观赏"，我们都兴奋不已。可当我仔细端详起它的时候却发现它在微微颤抖，突然同事指着鸟的翅膀说："你看那儿！"我的目光随着手指的方向落到小八哥的翅膀上，此时才发现黑色的羽毛上沾着丝丝血迹。我们赶忙把它抱回值班房，拿来消毒药水和纱布给它包扎了伤口。随后又把屋里的一个空纸箱铺了些杂草给它搭起了临时小窝，再弄了点水和食物放到了它的小窝里。小家伙开始还有点怕生，可是慢慢地待久了，也大胆起来，边吃着给它捣碎的水果，边从纸箱上探出个小脑袋四处张望，样子甚是可爱。

"叫你小黑好不好，来说两句，你好，你好！"

"小黑"却只是提溜着眼睛看着我，警惕地保持着沉默。

"它又不是家养八哥，还不会学说话哩！"一旁的同事哈哈大笑起来。我只能无奈地点点头，又细心照顾起"小黑"……

三四天过去了，"小黑"体力和翅膀都逐渐恢复了正常，开始在房间里上蹿下跳。我为它检查伤口，确认无碍后，不舍地打开了房门。"小黑"嗖一下窜了出去，我连忙追上去，目送它在值班室上方盘旋了几圈，向着太阳的方向飞走了。我看着它消失的影子，耳畔只剩下渐行渐远的喳喳鸟鸣，心里既高兴又有些不舍。

后来我经常会留意终端厂里的八哥鸟，有时候会觉得它们中看向我的那一只有莫名的亲近感，我不敢确定，但也许那就是"小黑"吧。时光荏苒，因为工作需要我离开了涠洲终端加入了正在设计中的乌石油田群开发项目，从此便再也没见过"小黑"。听过去的同事们说起，如今的涠洲终端又有了新变化：用废旧食品油桶或硬塑料盒给鸟儿们搭起了"公寓"；为保证空气更加清新，尾气回收装置和

VOCs 监测系统已经全部完成改造投用；为进一步降低生产排放、保护生态水资源，优化了生产模式等等。这些都将让涠洲终端变成一座更加具有可持续发展、和谐共生特质的绿色工厂。

我正在参与设计的乌石终端同样遵循着绿色发展的脚印。我和我的海油同事们正在将"低碳生产，绿色共生"理念植根在项目的设计之中。相信不久的将来一座更加智能化的绿色工厂将在乌石拔地而起，我也将在乌石终端迎接"小黑"和它的伙伴们再次回"家"。

我的节能答案

黎 治

空气中弥漫着紧张的气氛，笔尖划过答卷的沙沙声清晰可闻。我深吸一口气，抬起头看了看四周，偌大的考场间隔着坐满了考生，有的蹙眉深思，有的奋笔疾书。这是高级技师笔试的现场，两个半小时的考试时间，要求完成油气藏分析、井下作业、工艺流程优化三道大题，今年的试题不仅更新了题库，而且问题更加贴近生产实际，从考场凝重的氛围就能看出考试的难度比往年又有所提升。

当我看到第三道试题错综复杂的流程图时，一个声音在脑海中冒了出来，"这是LPG（液化石油气）生产系统！"我不禁暗自庆幸，因为自己与液化石油气生产打了六年交道，笃定这方面的问题难不倒我。题目中对系统的描述是如此的熟悉，仿佛又把我带回了生产现场，一个个数据、一根根管线清晰地浮现在我眼前，串联起了我六年的回忆。

一、憧憬

来到南海奋进号之前我一直在井口平台工作，每天隔着大海眺望远处的那艘巨轮像蛰伏的龙鲲镇守着万顷波涛。有一天，我趴在围栏上指着奋进号上两根高耸的柱子问师傅，"那是什么？"师傅回答说："那可是咱们海油唯一的一套海上 LPG 生产处理系统，深奥得很，以后轮岗回到油轮你可要好好学。"从那时起，我就一直向往着能有机会成为这套系统的操作者，没想到一等就是三年。

终于有机会近距离一睹 LPG 生产系统的风采了，共计三层的处理撬块坐落在奋进号的甲板上，每一层都密密麻麻的排满了设备，大大小小的管线纵横交错像是一座立体迷宫。远眺时发现的两根柱子，原来是两座高耸入云的工艺塔。巨大的机械轰鸣仿佛穿透了肋骨渗进胸腔，让我原本就激动的心，跳得更快了。

"以前油田的多余的伴生气只能放空到火炬，相当于每天要烧掉一辆帕萨特。现在有了 LPG 系统，把大部分气体回收生产成液化石油气，不仅有经济效益，还能减少温室气体排放，简直是节能减排的神器！"同事语气中带着自豪地介绍着，"即便放眼整个亚洲，在 FPSO 上搞液化石油气生产，咱们是首创！更了不起的是，这座 LPG 系统是完全在海上作业条件下完成的安装，在世界海上油气开发工程史上开创了先河。"听完这些介绍，我想起了当年井口平台师傅的叮嘱，暗下决心一定要尽快掌握这套系统的操作要领。

二、匠心

我还记得刚开始学习 LPG 系统时，每天拿着流程图在撬块内部攀上爬下的情景。甲板被太阳晒得滚烫，混合了海腥味的空气致密黏稠，工服后背的汗渍边缘泛起一层白白的盐巴……当我全神贯注地学习的时候，这些都抛在了脑后。

这时，生产监督来到了我的面前，"最近学习很刻苦嘛，有什么不明白的地方吗？"

我擦了擦脸上的汗，"师傅们教了很多东西，我对着实物先'消化'一下，有不明白的再问他们。"

"是啊，搞工艺离不开现场流程，无论图上画得再好，方案写得再漂亮，都必须到现场落实。"监督满意地点了点头，然后把手上的一份技术方案递给我，"我也是来看流程的。这是 LPG 系统和燃气系统的连通方案，你先熟悉一下，晚上生产班组一起讨论讨论。"

我翻开方案，原来油田正准备进行一项技术革新，要将 LPG 系统和燃气系统连通起来。把 LPG 系统的残余气供给锅炉燃烧，同时又把燃气系统的高压凝液输向 LPG 系统进行分离液化。"天啦，还能这样改！"图文并茂的介绍让我茅塞顿开，"两个系统一连通，不仅把本该放空的残余气利用了起来，还解决了 LPG 压缩机容量不足的问题，不用增加设备就能生产更多的液化石油气。"

从那一刻的惊叹开始，通过工艺优化进行节能减排的意识就在我的心里埋下了种子。我想，工艺工程师都有一颗匠心，只要让匠心开了窍，各种奇思妙想就能源源不断地涌现出来，节能减排的方案就能手到擒来。

三、职责

时光飞逝，我成为了一名工艺主操，时间赋予我的不仅仅是技术技能，还给了我责任与担当。在一次交接班的过程中，得知在海休的这 28 天里 LPG 的制冷系统又加注了一次丙烷，我立即察觉到了问题，"上个班我们刚加过一次，怎么消耗这么快？"交班的人满脸凝重地说："我们也很纳闷，照说一年也不可能漏失那么多的，所以我们组织了好几次查漏，也对换热器试了压，都没发现有泄露的迹象。"

丙烷的泄露不仅仅是对丙烷本身的浪费，更直接影响着放空伴生气的回收率。接下来我带领着班组成员继续着查漏工作。八月的南海骄阳似火，大家顶着烈日手持测漏液在设备与管线间攀爬匍匐，可始终找不到症结所在。看着丙烷罐的液位仍然在持续下降，我对之前的排查思路产生了怀疑。丙烷系统相关的管线拉通后几百米长，又包裹着保温层，查漏谈何容易。于是我又回到了当初学习流程的状态，顺着管线开始分析。

正午过后海面温度达到了一天中的最高值，海水的蒸发导致空气湿度增大，此时的 LPG 处理撬块像是一个大蒸笼。我蹲下来歇口气，却无意中发现了丙烷放空阀上凝结着几滴水珠，连忙摘下手套往阀体上摸去，一股凉意渗进皮肤。我激动地掏出对讲机："中控，丙烷制冷系统的漏点找到了！是放空阀内漏！"

通过隔离放空阀，丙烷液位不再下降，这样一来就充分验证了我的判断是正确的。同事们向我传来钦佩与赞许，可是我知道，这次漏点的成功排查不仅仅是依靠技术经验，更是靠着对职责的一份执着，若不是我刚好在空气湿度最大的正午时候站在了放空阀旁，若不是漏点与酷暑天的大温差导致了阀体表面凝露，若不是细心观察发现了那几滴水珠，都极可能忽视掉这一处隐藏的漏点。

四、信念

随着油田伴生气产量逐年递减，LPG 系统不仅要进行伴生气回收，更担负起了燃气系统补压、油田用气调峰的重任。一旦 LPG 系统停运，不但不能正常回收伴生气，还需要将一台主发电机转为柴油模式发电，造成大量的柴油消耗。因此，保证 LPG 系统的稳定运行，践行节能低碳使命，就成为整个油田的信念。

产品碳组分调整、脱丁烷塔放空气回流、进口压缩机国产化……奋进人在年复一年的实践摸索中不断创新、不断优化，用勤劳和智慧将 LPG 系统的功能发挥到了极致，油田伴生气的利用率高达 99%，除了保持火炬的持续燃烧，绝不让一丝多余的伴生气放空，也绝不让一缕黑烟玷污这片海域的蔚蓝天空。

随着"绿色低碳"策略在中海油的广泛部署，深圳分公司也准备在新建的FPSO上马一套LPG生产装置，于是到奋进号"取经"。我负责向调研组进行系统的现场讲解，当他们了解了奋进号在长达十余年的LPG生产运营实践中付出的不懈努力时，被我们"守得蔚蓝正清明"的信念所折服。

一段段画面在眼前闪过，我将思绪拉回到高级技师的考卷上，从容自信地开始了答题。随着分析问题的深入，我逐渐意识到，这道题目出现在高级技师的考试中，其实就是代表了海油对"节能减排"现场工作的关注，以及公司提倡节能优化、节能改造的理念。此时此刻，我所写下的既是源自现场的技术经验，更是我的节能答案。

原来我们都是过客

唐日升

十四年前，挥别校园的青葱岁月，我来到了中海石油（中国）有限公司湛江分公司东方终端电气部门工作。来之前，先经过了五小证取证培训，观看了阿尔法平台视频，了解了臭鸡蛋气味 H_2S 的危险，演练了直升机水下逃生……在潜意识里，海油的工作现场给我的印象是机器嘈杂、天然气管线纵横交错、现场脏乱。

但当来到终端，第一眼却被优美的环境所震撼，道路两边绿意盎然，青青草坪中绿树婆娑，视线再远一些是分布整齐的设备与管线、高耸入云的铁塔，而机器运转的声音在洁净的环境中竟然显得有些曼妙，生产的严谨和花园的美丽完美结合在一起。入住的生活楼像大四合院似的，围着院中的花草树木和池塘。忙完一天的工作后，员工有些在宽阔整洁的林间小道上散步，有些在院中的草坪上闲话家常，有些在喂着鱼。就是这花园式的终端处理厂每年处理油气产量高达18.67亿立方米，为海南省源源不断地提供着清洁能源。

在随后的工作生涯中，我深深体会到了海油的一种深入骨子里的文化与习惯——节能环保，我称之为"折腾"。在每年的工作中，我们都是不断地"折腾"自己，"折腾"设备，"折腾"费用，如此"折腾"只为更节能、更低碳。

终端电气部门负责厂里的电力系统管理及所有电气设备的维保维修，忙碌之余部门主操经常问："我们的设备还有哪些需要优化和改造吗"，"还是算了吧，把现在的设备好好维保好就可以了吧，哪有精力去改造啊？"部门主操严厉批评了我："你这想法是非常不对的，我们所做的工作不仅仅是保持设备稳定，还需不断优化，不断利用新工艺、新技术去提高设备的节能效率。每人结合现在设备的现状，至少提出三项设备的节能改造"。一年后，路灯 LED 节能改造项目完成，晒得黝黑的我望着更明亮、更节能的 LED 灯闪闪发光，"其实折腾一下挺好的。"

入职两年后，因为工作调动我来到了乐东 22-1 平台，这个时候的我会主动去思索设备的不足之处。当时为了保证凝析油储罐液位在正常范围中，工艺人员每天都要启停位于底层甲板的凝析油泵几次，"为什么要经常启停呢？"我询问工艺人员。"这台泵功率大，运行一段时间后液位就低了，但停下来后随着来液量多液位又高了。"根据这个不足之处，电气部门和工艺部门进行了头脑风暴，最后决定对凝析油泵进行变频控制改造。改造完成后，凝析油泵随着液位的高低自动控制电机的速度，实现了液位的平稳控制，工艺人员再也不用频繁启停泵了，而变频控制电机低速运行每天可节约电能 240 千瓦时。

时光匆匆，我作为电气主操又轮岗到了东方 1-1 气田，让我惊讶的是这虽然是一个已投产 10 年的平台，但节能设备和措施却无处不在。作为电气主操，我不能在这方面落后，最后锁定中央空调水冷节能改造。原来的中央空调冷凝器是采用风冷的，机组由 8 台 1.5 千瓦的风机进行散热，运行中噪声大且散热效果差，通过新铺海水管线运用海水对冷凝器进行散热，散热效果好，同时节约了 8 台风机的电耗，每天节约电能 288 千瓦时。

去年我又轮岗回到了东方终端。东方终端更大了，新增了乐东区域，年处理油气产量已达到了 39 亿立方米；东方终端更美了，绿树繁花，还有诸多果树飘香；东方终端更节能了，热水器已经由电热式改为了空气能热水器，乐东阀室已运用了太阳能供电，脱碳装置半贫液泵因为水力透平的运用日节约电能约 20000 千瓦时。我也积极"折腾"，在 2018 年 9 月完成了高杆灯的节能增效改造，日节约电能 432 千瓦时。

我们是过客，节能却是一种素养，深深扎根你我的心中，不停"折腾"我们的工作，只为绿色低碳环保。无论岁月如何悠悠，不论人员不停变化，绿色发展始终贯穿传承于我们的海油岁月。

嘘，别打扰了它们

刘 宣

机器轰鸣，脚步忙碌，这是东方终端的常态。

但总有忙里"偷"来的一份闲暇，去感受那湛蓝的天、洁白的云，去亲近郁郁葱葱的花草树木，去聆听鸟儿的浅吟低唱。

从小对鸟儿就有一份说不清的情愫，小时候经常把幼鸟从鸟妈妈的爱巢里无情地夺走，天真地觉得我可以把它们照顾得更好。在我的"精心"照料下，它们虽然丰衣足食，但却失去了翱翔天际的机会。

看着它们郁郁寡欢，我打开笼子给它们自由，心中虽有万般不舍，但内心却像挣脱了枷锁，像它们一样飞翔。后来经常有鸟儿落在屋檐上休息，我高兴地告诉朋友："看，那是我放飞的鸟儿，它回来看我了！"

再后来，它们却再也没有飞回来，我也越来越少看到鸟窝了，清晨的窗台也没有悦耳的鸟叫声。不仅如此，看着儿时欢闹的河水，如今却散发着难闻的恶臭；看着曾经手拉手才能环抱的杨柳树，如今只剩下寂寥的树桩；看着曾经湛蓝的天空，如今也多了一层让人看不透的霾……我知道鸟儿不会回来了，它们或许不舍，但最终放弃了这块曾经生活的乐土！

参加工作后，我来到了东方终端，虽有机器轰鸣，但还是被久违的蓝天、满眼的绿色所吸引，更令我意外的是到处可见的鸟窝。这些鸟窝，有的挂在高高的大树上，有的挂在矮矮的小树上，有的甚至挂在灌木丛里……看到它们，有一种说不出来的亲切。

鸟儿比人类更敏感，它们不会将就，永远在寻求最舒适的定居点。这里虽然是工厂，但环境却备受鸟儿青睐，我们和鸟儿和谐相处。在这里，"绿色低碳"不仅仅是一句口号，而是踏踏实实的执行。有一次，我按捺不住儿时的好奇心，就悄悄到一个鸟窝前去探一探，结果受惊的鸟妈妈扑棱棱就飞走了，留下两个羽翼未丰的幼鸟惊恐地望着我。我深知打扰了它们，不知所措地退了出来。我想鸟妈妈肯定会因为我的冒昧来访要另择住处了。此后，我每次见到挂在小树上那精致的鸟窝，就远远地避开它们，生怕一不小心惊扰了它们。

在东方终端，"绿色低碳"活动每年都在进行着，并且力度每一年都在增大。这不仅是为了每一位员工，更是不舍这些鸟儿离开这块生活的乐土。

绿色低碳，我们一直在路上……

传承

外公是一名老海油人,也是一个勤俭节约的人。一件公司发的背心,穿了二十年,缝缝补补十几次,几乎成了一件"百衲衣"。母亲给外公买了新衣服,让他把旧背心扔掉,外公却舍不得,"我一个老头子,穿什么都一样。"他嘴上不说,我们却知道,除了不愿意浪费,更重要的原因是这件绣着公司标志的背心其实也是一件冬季的工装,对于一名退休的老人而言,这就是峥嵘岁月留下的一道念想。

三十多年的工作经历,给外公烙上了深刻的海油烙印。海上交通不便,所以都有自主维修的习惯。外公家的电器坏了,他也自己拆开来修,实在修不好的,他就把里面有用的零部件保留下来备用。时间长了,阳台上堆满了"破铜烂铁",到了不得不清理掉一些的时候,外公淘了又淘,最后剩下不得不处理的那些东西,还要进行分类。我跟他开玩笑,"您老还真时髦,都学会垃圾分类了!"他却听不出我话里取笑的意思,"那是,铜的、铁的有人回收,塑料的没人要。"这回答让我哭笑不得,只好和他一起清理。

外公年轻时便跟随海油一起来到了湛江,身在广东多年,却没有养成南方人生活的那种精致感,总是粗茶淡饭,也从不浪费一粒米、一根菜。他不仅自己节俭,还要求我们也做到勤俭节约。记得有一次,我把半碗剩饭倒进了垃圾桶里,外公发现后,狠狠地把我批评了一顿,他严肃地说"一粥一饭,当思来之不易;半丝半缕,恒念物力维艰。"

也许是从小受到外公的感染,不知不觉中我也加入了中海油的大家庭,成为了一名海油人。从那一刻起,我才逐渐体会到外公骨子里的那种节约,其实就是一种海油文化。"提质增效"这样的理念的背后不正是外公从小教育我的勤俭节约精神吗?到了今天,随着新时代发展的需求,这种精神又被赋予了新的内涵——节能低碳。

外公虽然退休了,却一直心系着公司,经常问我一些公司的方针政策、发展方向。在向他介绍公司"绿色低碳"发展战略时,我自己并没真正地理解,但外公却正色说到,"无论海油的今天有多么辉煌,都不能忘了咱们是能源企业的本。中国是能源消费大国,我们海油就是应该率先响应中央的号召,把这个'绿色低碳'作为公司的转型方向!"外公的一席话让我肃然起敬,没想到这个穿着"百衲衣",整天捣鼓"破铜烂铁"的老人竟然有这样深刻的认识。

从那时起,才真正明白了"绿色低碳"对于中海油而言意味着什么;也是从那一刻开始,我从外公手上接过了海油优良传承的接力棒。说起来大,实则很小,节能低碳其实就在我们日常工作中。当丙烷冷凝器冷量不足的时候,只需要增加 U 形液封就能提高产量、减少伴生气排放;当外输耗水量大的时候,只需要变更外输模式,就能节约淡水、减少污水排放；当透平发电机热效率低的时候，只需要增加余热回收就能充分利用热能、减少废气排放……任何一个小发明，一个小改造，一个小调整，都可能是一种节能，都可以减少排放、带来效益。"不积跬步，无以至千里；不积小流，无以成江海"这一切都需要我们从身边做起，从现在做起。

我给外公说起身边这些节能案例，外公不愧是经验丰富的老海油，很多原理、创意一点就通，他经常赞叹"海油的年轻一代敢想敢做，都是好样儿的！"看到外公脸上欣慰的笑容，我不禁感叹，一代又一代海油人传承下来的企业文化的精髓，在新时期的又焕发出勃勃生机。这不仅仅是对优良传统的传承，更是建立中国特色的国际一流能源企业的必由之路。

笔记本

田锦程

这是一个淡绿色封面镶着金边的笔记本,仅有半页A4纸的大小,因为夹杂了一些回忆的照片尤显厚实。从书声琅琅的校园到海洋油气开采平台,小马成了一名与大海为伴的海油人,当初从校外老文具店淘来的"宝贝"一直陪伴着他,飞越陆地与海洋的距离,经历工作与生活的甘苦,急景流年,转眼便是十几个春秋,泛黄的草莎纸上既写满了小马的奇思妙想,也记载着他的心路历程。

摘录一:

南海,九月,台风过境。

厄尔尼诺现象加剧了今年台风的狂暴程度。新近生成的"土台风"来速快、威力猛,气田接到紧急通知:有序停产,人员撤离。

简单明了的八个字瞬间使平台的气氛变得紧张起来。来自内陆的我尚未习惯这风浪肆虐的南海,来不及任何感慨便投入了繁忙的撤离准备工作中。

应急发电机是台风过后恢复生产的关键设备,所以撤离前必须给应急发电机柴油箱加满柴油。这本来是一项简单的操作，我匆匆忙忙启完柴油泵，心里只想着多帮师傅分担一些任务，赶紧又去捆扎松散物料。正干得起劲，突然对讲机里传来急促的声音"小马，你去看看应急机柴油箱是不是满了？"

我不禁心头一紧，匆匆赶过去，却发现柴油泵已经停下，师傅老谢就在一旁等着。再一看，1500毫米的液位早就达到了溢流线的高度。我惭愧地低下头不敢正视师傅严肃的目光，只觉得满脸滚烫，连耳根子都在充血。

师傅正色道："咱们气田的柴油、淡水、用电都有能耗指标，这十分钟下来，少说浪费了一两方柴油。工作再紧也得按部就班，否则越忙越乱越容易出错。"

……

小马登上了撤离的直升机，望着窗外远去的海上平台，少了设备的轰鸣，熄灭了灯光的映照，平台仿佛一头蛰伏的海兽，等待着台风洗礼后的再次苏醒。回到陆地的宿舍，尽管一天的忙碌早已使小马筋疲力尽，但是老谢的话始终在他脑海中萦绕，于是他拿出笔记本记下了白天发生的这一幕，最后写道"节能，是我们一线员工的任务和职责。"

摘录二：

现场，十二月，项目验收。

随着压缩机的轰鸣，火炬头上的火焰渐渐变小，仿佛一头吐着黑烟的火焰巨怪被驯服成了一只温驯的小兽。LNG回收改造项目终于提前完工，并一次性通过验收。

与身边的同事相互庆祝，每个人脸上都写满了喜悦和自豪。此刻，我想起了这大半年来，一个又一个烈日炙烤下汗流浃背的正午，想起了一次又一次挑灯伏案修改作业方案的夜晚。为期大半年的持续作业，十几支施工队伍的劳作，数百人的汗水挥洒，上千个零配件的安装检查，面对如此艰巨的挑战，身为现场总指挥的我深知自己肩头担子有多重，分分秒秒不敢有丝毫懈怠，直到此时肩上的重担才终于卸了下来。

担子虽重，但是办大事最需要的不就是"担当精神"么？公司在践行"绿色低碳"方面敢为人先，作为项目现场负责人的我自然应该勇担重任。在项目最困难的时候有人问我，"公司这样不遗余力地上马LNG回收改造项目究竟为了什么？"

我给他打了一个比方，"这就好比一个巨大的杠杆，你不能只看到现在大量的人力和资金投入，等到项目落成的时候不仅能实现厂区效益质的跨越，而且能够大幅度减少温室气体排放。今天的每一分辛苦付出，明天都必将得到成倍的回报。咱们参与项目的可是公司今年的节能重头戏，所以必须在安全第一的前提下，确保项目按时竣工验收。"

这些话既是在给其他同事打气，也是我对自己的激励。

……

时光荏苒，从小马被叫成了老马，如今的他已然是一名生产现场的负责人。厂区进行 LNG 回收改造项目圆满成功的那一刻，老马看着变得更加湛蓝的天空，享受着成功的喜悦，他在笔记本里自豪地写道："节能，是我们能源企业的效益与担当。"

摘录三：

故宅，腊月，天不憨遗。

腊月二十六，一纸讣文把我唤回了老家，年近 90 的外公终究没能挺过今冬三九的严寒。

落叶归根，在外照顾儿孙数年的老人在临终前选择回到他出生的那个小山坳里。家里人尊重老人的决定，吊唁会就在小山坳的老屋举行。

与老人同样年岁的老屋承载着我儿时的记忆，以前外公总是把屋里搞得干干净净、亮亮堂堂，如今的老屋却是落叶蛛网杂陈，墙朽瓦漏亟待修缮。常年无人居住的窘境导致前几年村里统一安装的水电管道也遗漏了这里。我特地租借了大电灯、电暖炉，又从邻居家拉来电线，几个年轻人一顿劳碌下来，接受了现代气息的老屋仿佛又活了过来。

"停电了！"不知谁喊了一声。倔强的老屋拒绝了来电气时代的光明。不一会，略带怒色的村民走过来："你们这里用电量太大了，把村里的电箱都给烧了！大半夜的，谁来修！"送走不客气的村民，一家子人尴尬地面面相觑。大家找来些废木头，就在院子里搭了个火堆，烧水做饭兼顾取暖，一家子人就围坐在火堆旁不紧不慢地叙说家常。

直至深夜，人们已昏昏欲睡。压抑而湿冷的气息逼来，我紧了紧厚棉衣，向火堆挪了挪身子。隆冬的黑夜仿佛一只张牙舞爪的巨怪，与眼前柔弱的火光撕扯拉锯，想要吞没这唯一庇护所。恍惚间我有所感悟：光彩斑斓的人类世界是如此的脆弱，当失去一切光、电、气等能源后，人类就如一个初生的婴孩裸身在大自然残酷的环境中，无助与渺小。

……

回城的路上，老马望着窗外霓虹闪烁、车流不息的都市夜景，背后的山峦在黑夜中如同匍匐的巨兽将老屋与城市隔绝开来，他掏出笔记本写道："节能，是人类对大自然资源的本性诉求。"

他又翻开以前的记录，仿佛打开了记忆的闸门，往事如洪水般涌进脑海。那个因为浪费柴油而自责的青涩新人和那个在项目现场挥汗如雨的中年人站在他的面前，一起向他提问："节能，是员工的任务，是企业的效益，还是人类本性的诉求？"

看着笔记本里穿越时空的三行字，老马写下了自己的答案："节能发自人类本性的诉求，契合于企业的发展。节能，我们必须立即行动！"